흑제

DARK EMPEROR

오렌 퓨전 판타지 장편소설

FUSION FANTASY STORY & ADVENTURE

11

dream
books
드림북스

흑제 11

초판 1쇄 인쇄 / 2013년 11월 29일
초판 1쇄 발행 / 2013년 12월 5일

지은이 / 오렌

발행인 / 오영배
책임편집 / 편집부
펴낸 곳 / (주)삼양출판사 · 드림북스

주소 / 서울특별시 강북구 솔샘로67길 92
대표 전화 / 02-980-2112 팩스 / 02-983-0660
편집부 전화 / 02-980-2116 팩스 / 02-983-8201
블로그 / blog.naver.com/dreambookss

등록번호 / 제9-00046호
등록일자 / 1999년 3월 11일

ISBN 978-89-542-5503-5 (04810) / 978-89-542-5095-5 (세트)

* 지은이와 협의하에 인지는 생략합니다.
* 잘못된 책은 구입한 곳에서 바꾸어 드립니다.

이 도서의 국립중앙도서관 출판시도서목록(CIP)은 서지정보유통지원시스홈페이지(http://
seoji.nl.go.kr)와 국가자료공동목록시스템(http://www.nl.go.kr/kolisnet)에서 이용하실 수
있습니다. (CIP제어번호: 2013025032)

DARK EMPEROR

흑제

11

오렌 퓨전 판타지 장편소설

FUSION FANTASY STORY & ADVENTURE

dream
books
드림북스

DARK EMPEROR

흑제

Contents

Chapter 1

두 세계가 연결되다

　이라퓌스는 심히 어이가 없었다. 감히 누가 도시 유레피아의 수장이자 최상급 마족인 자신을 가장 고통스럽게 죽이겠다 말하는 것인가?

　그러다 그는 자신의 앞에 나타난 시커먼 그림자가 다름 아닌 인간이라는 것을 간파하고는 더욱 어이가 없었다.

　"고작 하찮은 인간 따위가 감히! 죽여 버리겠다……끄억!"

　우지직!

　말을 하던 이라퓌스의 목이 돌연 몸체에서 떨어져 나갔다. 누군가가 그의 머리를 몸체에서 잡아 뜯어버렸던 것이다.

"감히 로드께 무례를 범했으니 죽어 마땅하다."

이라퓌스의 목을 잡아 뜯은 이는 다름 아닌 마물 피루스였다. 피처럼 붉은 머리카락에 아름다운 남성의 형상을 하고 있는 피루스는 비록 마물이지만 무혼으로부터 막대한 양의 암흑 마나를 주입받은 터라 최상급 마족도 능히 해치울 만큼 강해졌다.

콰직! 우지지직!

계속해서 이라퓌스의 몸체는 피루스에 의해 무력하게 찢겨 나갔다. 곧바로 암흑 마나의 진원이 파괴되었고, 그로부터 빠져나온 암흑 마나는 무혼의 콧속으로 스며들었다.

이 모든 일은 순식간에 벌어졌다. 모두들 상공에서 벌어진 이 뜻밖의 광경에 경악했다.

'저, 저럴 수가!'

인간들뿐 아니라 마족들도 두 눈을 부릅떴다. 그야말로 도저히 있을 수 없는 일이 일어났다.

이라퓌스가 누구인가?

그는 하스디아 대륙을 지배하는 마족들 중 세 손가락 안에 드는 마족이다. 특히 마왕 유레아즈에게 하스디아 대륙의 지배자로 위임받은 블루트겐의 오른팔과 같은 존재이다.

그런 그가 제대로 반항도 해 보지 못하고 죽다니. 그것도 한갓 마물 따위에게!

'크으! 저놈은 누구인가?'

'마물 따위가 어찌 이라퓌스 님을!'

마족들은 눈앞에서 벌어진 광경을 보고도 받아들이기 힘들었다.

그들에게 있어 마물은 인간이나 엘프와 다를 바 없는 하찮은 노예일 뿐이다. 간혹 마물 중에서 특출하게 강한 녀석들이 나오긴 하지만, 그래도 그것들이 마족들에게 위협을 주는 경우는 거의 없다. 마물들은 마족에게 본능적인 공포심을 갖고 있어 감히 저항이란 꿈도 꿀 수 없는 일이니까.

그러나 지금 이라퓌스를 가볍게 죽여 버린 마물 피루스는 지금껏 마족들이 보아온 마물과는 차원이 달랐다. 피루스의 기세에 눌린 마족들은 이라퓌스의 죽음에 분노하면서도 감히 접근할 생각을 하지 못했다.

더구나 마물 피루스가 한 인간 청년을 로드라 부른다는 사실이 마족들을 혼란스럽게 만들었다. 어지간한 최상급 마족보다 강인한 기세를 뿜어내는 피루스가 기껏 인간의 부하라니 어찌 기막히지 않겠는가.

'믿을 수 없군. 저놈이 대체 누구이기에?'

마족들의 시선은 자연스레 피루스의 로드인 무혼을 향했

다. 그러다 그들은 무혼의 눈에서 뿜어져 나오는 섬뜩한 기세 앞에 경악했다.

아니, 미처 경악할 새도 없었다. 무혼이 불가사의한 속도로 움직이며 마족들의 마나 하트를 모조리 박살 내 버렸으니까.

"세상에 존재할 가치가 없는 놈들! 모조리 사라져라!"

그것은 그야말로 전율스러운 장면이었다. 그동안 인간들의 지배자로서 군림해 왔던 마족들이 손 하나 까닥해 보지도 못하고 먼지로 흩어져 버릴 줄이야.

그러나 광장에 모인 인간들은 이 놀라운 광경을 목격하고도 아직 무슨 일이 벌어진 것인지 잘 인지하지 못했다. 그들을 그토록 겁박하고 억누르며 끊임없는 고통을 가했던 마족들이 먼지처럼 부서지는 장면을 보면서도, 그들은 그저 멍한 표정만 지을 뿐이었다.

당연히 통쾌한 환호를 날려야 정상이건만 어찌 된 일일까? 마치 그들은 마족들이 부서져 소멸되는 것이 아니라 뭔가 알 수 없는 마법을 펼쳐 어디론가 이동해 갔으리라 생각하는 듯 별다른 반응이 없었다.

무혼은 그런 사람들의 모습을 보며 내심 탄식했다. 그는 일부러 마족들이 버러지처럼 스러져 가는 모습을 보여 주어 이곳 유레피아의 광장에 모인 사람들의 마음에 용기와 희망을 심어주려 했지만 별다른 소용이 없어 보였다.

모두의 마음속에 마족들에 대한 가공할 공포심과 복종심이 자리하고 있어, 오히려 광장의 상공에 떠 있는 무혼을 향해 잔뜩 경계하는 눈빛을 보낼 뿐이었다.

불행히도 그들은 너무도 오래도록 마족들에게 눌려 있었던 것이다. 그로써 자리 잡은 두려움은 아마도 무혼이 마족들을 모두 죽인다 해도 사라지지 않을 것 같았다.

그런데 그들과 달리 무혼을 향해 한없이 환한 눈빛을 보내는 이들이 둘 있었으니.

다름 아닌 소니아와 케로닌, 2천 년이 넘는 지난 장구한 암흑의 세월 동안 하스디아 대륙을 구원해 줄 용자가 반드시 올 것이란 희망을 전파해 온 달의 엘프들이었다.

신비하게도 그들은 위풍당당한 모습의 무혼을 보는 순간 본능적으로 그가 누구인지 알았다.

'아! 당신은?'

'드디어 오셨군요.'

그는 그저 눈빛만으로 마족들을 먼지로 흩어 버렸다. 그는 과연 그들이 그토록 염원해 마지않았던 용자의 모습 그대로였다.

"용자시여! 우린 정말로 오래도록 당신을 기다렸답니다."

소니아가 눈물을 글썽이며 말했다. 무혼은 고개를 돌려 그녀를 쳐다봤다.

"내가 당신들이 기다리던 그인지는 모르겠소만, 한 가지 확실한 건 있소. 앞으로 이곳 하스디아 대륙에서 마족들은 모두 사라지게 된다는 것."

"그것만으로 충분합니다."

이 말을 다른 자가 했다면 절대 믿지 않았을 것이다. 무려 2천 년이 넘는 세월을 지배해 온 마족들이 하스디아 대륙에서 사라진다는 것은 상상도 하기 힘든 일이었으니까.

그러나 소니아는 무혼의 말을 의심하지 않았다. 그녀는 가슴이 벅찬 듯 상기된 미소를 지으며 말했다.

"하스디아 대륙의 많은 현자들이 오늘을 예언했죠. 사악한 마족들을 물리치고 하스디아 대륙을 구원해 줄 용자가 반드시 올 거라고. 아마 당신은 모르실 거예요. 얼마나 많은 이들이 당신을 기다리다 죽어 갔는지."

그녀의 음성은 밝았지만 한편으로 서글픔과 원망도 섞여 있었다. 그만큼 기다림이 컸던 까닭이었으리라. 무혼은 고개를 끄덕이고는 광장에 모여 불안에 떨고 있는 사람들을 가리켰다.

"마족들 따위야 얼마든지 없애 줄 수 있지만 저들의 마음속에 있는 절망감과 공포심은 내가 어찌해 줄 수 없소."

그러자 소니아와 케로닌이 빙그레 웃었다.

"그건 염려 마세요. 용자인 당신이 우릴 지켜 준다면 이곳 하스디아 대륙의 인간과 이종족들은 금세 본래의 심성을 회복할 수 있어요."

무혼은 이미 소니아와 케로닌이 신비한 연주를 통해 사람들의 마음속에 용자에 대한 희망을 솟아나게 만들었음을 지켜보았다.

"그럼 연주를 시작하시오. 이제부터 마족들은 그대들의 근처로 접근도 하지 못할 것이오. 설사 마왕이 나타난다고 해도 그대들을 지켜줄 테니 염려 마시오."

마왕이 나타나도 지켜준다? 그야말로 터무니없는 얘기인 양 느껴질 수도 있지만, 소니아와 케로닌은 무혼의 말을 굳게 믿었다.

오히려 그들의 가슴은 세차게 뛰었다. 자신들의 선조들이 그토록 희원하던 그 순간이 바로 지금이다. 오늘 용자가 오지 않았다면 그들은 죽었을 것이고, 언제일지 알 수 없는 먼 훗날 그들의 후손 중 누군가가 오늘과 같은 순간을 맞았을 테니까.

"준비됐지, 케로닌?"

"후후, 물론이죠. 그럼 시작할까요?"

방금 전까지 연주를 하고 있던 그들이었기에 특별히 따

로 준비할 것은 없었다. 소니아와 케로닌은 서로의 눈을 마주 보며 고개를 끄덕이고는 곧바로 합주를 시작했다.

다라라랑—

삐리리리—

하프와 피리의 아름다운 선율이 울려 퍼지는 순간 불안과 두려움에 억눌려 있던 사람들의 표정이 조금씩 밝아졌다. 놀랍게도 그들은 점차 마음의 자유를 되찾고 있었다.

'정말 신비한 연주로군.'

어찌 연주를 듣는 것만으로 마음의 자유를 얻게 되는 것일까? 이는 보통의 마법이나 주술로는 불가능한 일이었다.

그러고 보니 한때는 오르덴들의 노예였다가 무혼에 의해 풀려나 지금은 이로이다 호의 선원이 된 엘프 베니뉴스의 하프 연주에도 이와 흡사한 능력이 있었다.

왠지 무혼은 그녀를 이곳에 불러다 놓고 달의 엘프들과 더불어 합주를 시킨다면 멋지지 않을까 하는 생각이 들었다.

그사이에도 합주의 선율은 계속 울려 퍼졌다. 무혼에 의해 유레피아를 지배하던 마족들이 모두 사라진 터라 달의 엘프들이 펼치는 합주를 방해하는 존재는 없었다.

"용자께서 마족들을 모두 죽였다."

"와아아! 하하하하……!"

"호호호호! 우린 이제 자유야!"

마음의 자유를 되찾은 사람들은 비로소 환호했다. 태어나서 한 번도 시원스레 웃어 보지 못했던 그들이었다. 그러나 지금은 웃을 수 있었다. 억지로 웃는 것이 아니라 저절로 웃어졌다.

하스디아 대륙에 드디어 서광이 비치고 광명의 기쁨이 도래했도다! 모두의 눈에서 눈물이 흘러내렸다. 물론 지금의 것은 더 이상 슬픔의 눈물이 아닌 기쁨의 눈물이었다.

"모두 나오시오! 마족들이 모두 죽었소!"

"더 이상 마족들은 우릴 괴롭히지 못해요!"

광장에 모였던 이들이 유레피아의 거리를 누비며 크게 외쳤다. 그러자 집 안에 웅크리고 있던 이들이 깜짝 놀라 바깥으로 뛰어 나왔다. 그리고 그들의 귀에 신비한 합주의 선율이 들리는 순간 어두웠던 표정들이 금세 밝아졌다.

다라라랑—

삐리리리—

딱딱하게 굳어 있던 사람들의 얼굴에 환한 웃음꽃이 연이어 피어나고, 그것을 상공에서 지켜보는 무혼의 입가에도 흐뭇한 미소가 피어났다. 그 어디에서 보았던 기경보다 멋진 장관이 아닐 수 없었다.

'달의 엘프들이 있어 정말 다행이로군.'

무혼은 하스디아 대륙이 안정되고 나면 소니아와 케로닌을 이로이다 호의 선원으로 초청하기로 했다. 이들이 가진 신비한 연주 능력은 이곳 하스디아 대륙에 있는 이들만 아니라 다른 많은 세계에 있는 이들에게도 큰 위로가 되어 줄 것이다.

도시 유레피아에 있던 마족들이 전멸했다는 소문은 하스디아 대륙 곳곳으로 퍼져나갔다.

이는 실로 경악스러운 소문이 아닐 수 없었다.

그것은 마족들이 하스디아 대륙을 지배해 온 지난 2천 년 이래 한 번도 벌어진 적 없는 엄청난 대사건이었다.

하스디아 대륙에서 누가 감히 마족들을 죽인다는 말인가? 처음 이 소식을 들은 하스디아 대륙의 마족들은 헛소문이라 코웃음 치기도 했다.

그러나 진상을 파악하려 유레피아에 위치한 포탈 마법진으로 이동한 마족들의 소식이 속속 끊기자 비로소 마족들은 긴장하기 시작했다.

전설의 용자가 나타나 마족들을 해치우고 있다는 소문은 하스디아 대륙의 모든 인간과 이종족들의 가슴을 뛰게 만들었다.

그러자 하스디아 대륙의 통치자인 블루트겐이 직접 휘하

마족들을 이끌고 유레피아로 진군해 왔다. 물론 그것은 스스로 죽음을 자초하는 짓일 뿐이었다. 기세등등하게 몰려왔던 수백의 마족들도, 4만이 넘는 마물 군단도 한 사람 앞에서는 아무런 힘을 발휘하지 못했으니까.

용자 무혼은 멀리 시야에 마물 군단의 모습이 보이자 마치 천공 이편에서 저편을 가르는 뇌전처럼 순식간에 날아가 그들의 사령관이자 통치자인 블루트겐의 몸체를 단번에 박살 내버렸다.

우직! 콰드드득!

"크으윽! 두, 두고 봐라! 유레아즈 님께서 이 복수를 반드시 해 주실 것이다."

원독의 눈빛을 보내며 울부짖는 블루트겐을 향해 무혼은 싸늘한 조소를 흘리며 말했다.

"헛꿈 꾸지 마라. 머지않아 유레아즈도 네놈과 같은 꼴이 될 테니."

"쿠아아아악!"

블루트겐이 가루로 변해 흩어졌다. 애초부터 상대가 안 되는 싸움이었다. 블루트겐에 이어 그의 부하 마족들도 모두 처참하게 죽임을 당했다.

츠으윳!

마족들의 마기를 흡수한 무혼은 자신의 발 앞에 엎드린

수많은 마물들을 차갑게 노려봤다. 그중 마족들의 권속이었던 일부 마물들은 자연스레 무혼의 권속이 되었지만, 그 외의 마물들은 무혼의 압도적인 무력 앞에 감히 저항할 엄두도 못 내고 굴복한 것이었다.

무혼은 마물들에 대한 처리를 잠시 고민했다. 유레아즈에게 완전히 종속된 마족들과 달리 대부분의 마물들은 무혼이 자신의 수하로서 거둘 수 있는 종족들이다.

그러나 그들이 달리 마물인가? 그들의 심성은 오크나 오우거와 같은 몬스터들과 비할 수 없이 포악하며 잔혹했다. 지금은 무혼 앞에 숨죽여 그들의 흉포함을 감추고 있지만, 그것들의 존재만으로도 하스디아 대륙의 인간이나 이종족들은 공포에 떨게 될 것이다.

그렇다고 마물들을 모조리 죽여 없애 버리는 것도 그다지 현명한 일은 아니었다. 비록 각각의 능력은 마족에 미치지 못해도 무혼이 마기를 불어넣어 주면 가히 어지간한 마족 못지않게 강해질 수 있는 이들이 바로 그들이니까.

그런 마물이 무려 4만이다.

마왕들과의 전투뿐만 아니라 향후 이 방대한 노지즈 해역을 외부의 세력으로부터 보호하려면 무혼에게 부하들은 많을수록 좋지 않겠는가.

독(毒)이 비록 위험하지만 잘 사용하면 약(藥)으로 쓸 수 있듯이 마물도 마찬가지일 것이다. 무혼은 피루스를 불렀다.

"피루스! 당분간 네게 저들을 맡기겠다. 다른 명령이 있을 때까지 네가 저들의 군단장이 되어라."

그러자 피루스의 두 눈이 커졌다.

"로드! 제게 어찌 그 큰 소임을……."

"너를 비롯해 저들은 더 이상 마물이 아닌 나 용자 무혼의 권속이며 하스디아 대륙을 수호하는 군단원들이다. 하스디아 대륙을 철통같이 지키도록 해라."

"로드의 명을 받들겠습니다."

피루스의 얼굴이 감동으로 물들었다. 그는 무혼이 자신들을 더 이상 마물이라 하지 않고 용자의 권속이라 말하자 가슴이 뛰지 않을 수 없었다. 이는 다른 마물들도 마찬가지였다.

마물들 중 누구도 피루스가 자신들의 군단장이 되는 데 이의를 제기하지 않았다. 피루스는 마물 중에서도 별종으로 본래부터 다른 마물들이 두려워하는 존재인데, 거기에 무혼의 마기를 받아 최상급 마족들에도 뒤지지 않을 만큼 강해졌으니 모두가 두려워 떨 수밖에 없었다.

그러고 보면 피루스만큼 마물들을 잘 다룰 수 있는 존재는 없었다. 그가 본래 마물이었기에 마물들의 본성을 아주 잘 알기 때문이다.

마물은 마물로 다스린다. 이것은 무혼에게도 일종의 모험이었다. 본래라면 마족들처럼 모조리 죽여 없애는 것이 마땅하지만, 특별히 새로운 삶의 기회를 준 것이다.

그런데 과연 마물들이 무혼의 뜻을 거스르지 않고 하스디아 대륙의 다른 종족들과 조화를 이루어 살 수 있을까?

무혼 역시 알 수 없었다. 만일 이 모험이 실패한다면 무혼은 마물들이 거할 수 있는 다른 장소를 찾아봐야 할 것이다. 심지어 하나의 대륙에 마물들만 몰아넣는 것도 생각 중이었다.

하스디아 대륙의 통치자였던 최상급 마족 블루트겐 일당이 사라지고 나자 하스디아 대륙에는 완전한 평화가 도래했다.

달의 엘프들은 오래도록 피폐해진 인간과 이종족들의 심성을 회복시키기 위한 긴 여정을 떠났고, 마물 피루스를 군단장으로 한 마물 군단이 그들을 보호하며 뒤따랐다.

한때는 마족들의 하수인으로서 하스디아 대륙의 인간과 이종족들을 괴롭히던 마물들이 이제는 달의 엘프들을 보호하는 수호병이 되어 있었다. 그들은 달의 엘프들이 머무는 곳마다 각종 노역과 힘든 일들을 도맡아 하며 인간과 이종족들에게 그동안 자신들이 했던 일을 속죄했다.

대륙 도처에 존재하던 추악한 마왕상과 마족들의 신상이 파괴되었고, 마족들이 인간과 이종족들에게 부과했던 모든 저주와 족쇄는 사라졌다.

마지막으로 무혼에 의해 블루트겐이 거하던 마궁과 다크 포탈이 파괴되는 순간 기이한 일이 벌어졌다.

놀랍게도 그 장소에 새로운 마법진이 생성되었는데, 그것은 다름 아닌 이로이다 대륙에 있는 용자의 성과 연결되는 포탈 마법진이었다.

이는 용자인 무혼이 유레아즈에게 종속되어 있던 하스디아 대륙을 마계에서 해방시킴으로써, 하스디아 대륙이 용자의 성 휘하로 들어오게 된 것이다.

이 같은 사실은 포탈이 생성되자마자 하스디아 대륙으로 건너온 현자 루인을 통해 알게 된 것으로, 루인은 이후로 마족들이 차원의 바다를 통해 공격해 올 때 무혼의 가디언 로아탄들이 하스디아 대륙도 보호할 수 있게 된다고 했다.

하스디아 대륙과 이로이다 대륙의 연결!

이로써 본래 떨어져 있던 두 세계가 하나가 된 것이었다. 용자의 성이 존재하는 트레네 숲이 하나가 된 이 두 세계의 중심이 되었고, 각각의 세계에 속한 이들은 트레네 숲을 통해 서로 교류가 가능하게 되었다.

그러다 보니 무혼의 이로이다 호는 자연스레 하늘 호수에 있는 부두로 돌아와 정박했고, 무혼은 용자의 성에 있는 성주의 거처에서 휴식을 취할 수 있었다.

"로드께서 출정을 떠나신 후 얼마 지나지 않아 마족 함대가 이로이다 대륙에 쳐들어왔지만 그들은 로드의 가디언들에 의해 전멸당했습니다. 마왕투함이라 불리는 마족들의 전함을 루즈노드 동쪽에 옮겨 숙박시설로 만들었는데, 지금은 관광지로 매우 유명해졌지요."

무혼은 미소를 머금으며 엘리나이젤의 보고를 들었다.

"여러모로 수고 많았소, 엘리나이젤. 그보다 앞으로 이로이다 대륙뿐만 아니라 하스디아 대륙도 신경 쓰려면 골치가 좀 아플 것이오."

"하하, 저를 도와줄 자들이 저리 많은데 제가 뭐 골치 썩을 일이 있겠습니까?"

엘리나이젤은 이로이다 호의 선원들을 가리키며 말했다. 그러고 보니 이로이다 호의 선원들 중에는 엘리나이젤에게 도움을 줄 만한 현명한 이들이 적지 않았다. 그들은 엘리나이젤이 부탁하자 흔쾌히 트레네 숲에 남기로 했다.

"이제야 제가 거할 곳을 찾았군요, 로드! 저는 이제 트레네 숲에서 뼈를 묻을 거예요."

백발의 미녀 드래곤 티란느는 비로소 자신의 영원한 휴

식처를 찾았다는 듯 함박웃음을 지었다. 다른 드래곤과 정령, 엘프, 매구들도 기꺼이 트레네 숲에 보금자리를 틀고 싶어 하는 분위기였다.

무혼은 흔쾌히 허락했다. 오래도록 험한 차원의 바다 각지로 끌려 다니며 고생을 하던 그들이 트레네 숲에 정착하겠다면 무혼으로서는 오히려 환영할 일이었다.

다만 엘프 베니뉴스와 하프 엘프 레이탄트 등은 이로이다 호의 선원으로 계속 잔류하기로 했다. 마음에 자유로움을 주는 신비한 연주 능력을 지닌 그들은 앞으로 새로 이로이다 호의 선원이 될 이들을 위해 꼭 필요한 존재였다.

"그럼 나는 다시 출정을 떠나겠소. 트레네 숲을 잘 부탁하오, 엘리나이젤."

"이곳은 염려 마십시오."

무혼은 아주 잠깐의 휴식만 취한 후 곧바로 이로이다 호에 승선했다. 방대한 노지즈 해역에 속한 세계들 중 이제 겨우 하나를 용자의 성 휘하로 편입시켰을 뿐, 나머지 세계들은 아직도 유레아즈와 콘딜로스 마왕의 마계로 병합되어 고통을 받고 있으니 머뭇거릴 때가 아니었다.

하스디아 대륙은 무려 2천 년이 넘는 긴 세월 동안 용자가 나타나 자신들을 구원해 주기를 기다렸다고 했는데, 그것은 다른 세계들도 마찬가지일 것이다. 그들이 기다리고 있는 용자는 다름 아닌 무혼이었다.

출항 직전 무혼은 자신을 따라오는 루인을 향해 부드러운 미소를 지어 주었다.

"루인 그대와 함께 차원의 바다를 여행하는 일은 좀 더 시간이 걸릴 듯하오. 노지즈 해역에 마왕들이 모두 사라지고 나면 반드시 그 약속을 지키겠소."

루인은 고개를 끄덕였다.

"부디 조심하세요. 이제 마왕 유레아즈가 직접 당신을 공격해 올 가능성도 있어요."

유레아즈가 직접 공격해 온다? 루인은 결코 허튼소리를 하지 않는다. 보통 그녀가 이런 말을 한다면 거의 기정사실일 가능성이 높았다. 그 말에 엘리나이젤을 비롯한 모두가 놀란 표정을 지었지만 무혼은 오히려 씩 웃었다.

"그거야말로 내가 바라던 바군. 이 지루한 전쟁을 좀 더 빨리 끝낼 수 있을 테니."

"그게 그렇진 않아요. 당신이 그를 죽인다 해도 그의 분신 중 하나를 죽일 수 있을 뿐이죠."

"지금 분신이라 했소?"

루인은 고개를 끄덕였다.

"마왕의 분신이 죽으면 그 본신 역시 한동안 적지 않은 타격을 받게 되죠. 따라서 마왕은 분신일지언정 함부로 움직이지 않는다고 해요. 하지만 결국 분신은 분신일 뿐 마왕을 완전히 죽이려면 분신이 아닌 마왕궁에 있는 그의 본신을 파괴해야 해요."

"그렇다면 놈이 있는 마왕궁의 좌표를 미리 알아낼 수는 없소?"

루인은 쓸쓸히 웃으며 고개를 흔들었다.

"현재로선 불가능해요. 실은 저도 그동안 그걸 알아내려고 계속 명상에 들었지만 소득이 없었죠. 마왕궁은 수많은 어둠들에 겹겹이 쌓여 있어서 그 실체를 보려면 그 모든 어둠들을 제거해야만 해요."

"어둠들이라?"

"마왕의 속하 세계들을 의미하죠. 아마도 유레아즈의 모든 마계 세계들이 사라지면 비로소 마왕궁이 그 실체를 드러낼 거예요."

그렇다면 역시 지금처럼 유레아즈의 마계들을 하나씩 공격해 용자의 세계로 병합시켜 나가는 것 외에는 방법이 없다는 말이었다.

"아직 59개나 남아 있으니 꽤 시간이 걸릴 것 같군."

루인의 눈이 커졌다. 그녀는 대략적으로 어둠들의 숫자가 매우 많다는 것을 깨달았을 뿐, 아직 그것들의 정확한 숫자까지 파악하지는 못했다. 그런데 무혼이 그것들이 59

개라는 것을 정확히 알고 있으니 깜짝 놀랄 수밖에 없었다.

"어떻게 59개인 줄 알았어요?"

"차원의 서에 나와 있었소."

무혼은 시난의 비밀 도서관에서 약탈한 차원의 서에 대해 간략하게 설명해 주고는 그것들을 루인 앞에 내려놨다.

"틈나는 대로 읽어 보면 차원의 바다를 이해하는 데 도움이 될 거요."

무혼은 이미 모든 내용을 암기했다. 따라서 이제 루인과 엘리나이젤 등에게도 차원의 서를 읽게 해 이로이다 대륙이 속한 노지즈 해역을 비롯한 차원의 바다에 관한 지식을 쌓게 할 필요가 있었다.

물론 현자로서의 신비한 예지력이 나날이 새로워지고 있는 루인의 경우 굳이 차원의 서를 읽지 않아도 머지않아 그 모든 지식들을 스스로 깨닫게 될지 모르지만, 그래도 미리 차원의 서를 읽어 두면 도움이 될 것은 분명하리라.

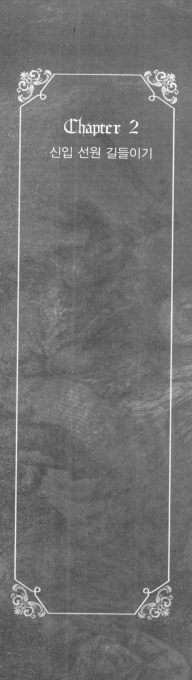

Chapter 2
신입 선원 길들이기

화아아악!

트레네 숲 하늘 호수의 부두를 떠나 중앙으로 향하던 이 로이다 호가 찬란한 빛에 휩싸인 후 사라졌다. 곧바로 이로 이다 호는 하늘 호수가 아닌 망망한 바다 위에 떠 있었다.

(무혼, 이제 어디로 갈 거야?)

(누베스 대륙으로 간다.)

팔찌의 자아인 소옥의 질문에 무혼은 오르덴 슈타딘이 작성한 유레아즈의 마계 좌표 중 현재 위치에서 가장 가까 운 곳을 가리켰다.

촤아아아!

곧바로 이로이다 호는 빠른 속도로 물살을 갈랐다. 갑판 위에는 갑판장인 푸르카가 신입 선원들을 불러 교육을 시키고 있었고, 측량장 아그노스와 재무장 포르티는 그것을 흥미롭다는 듯 지켜보는 중이었다.

신입 선원에는 자이언트 오크 라개드와 블러디 오우거 적풍, 황금뿔 미노타우루스 오스느크 등 트레네 숲의 거족 셋과 알렌 백작, 기사 탈룬, 그리고 한스가 있었다.

또한 드래곤 루디스와 샤로나도 신입 선원으로 이번 출정에 동참했다.

사실 이 중 소드 마스터 최상급의 경지에 이른 알렌 백작과 드래곤 루디스, 샤로나 정도만이 차원의 바다를 항해할 자격이 있었다. 일전에 무혼이 정한 기준인 상급 마족과 싸워 이길 수 있는 전투력을 지닌 이들은 아직 그들뿐이었기 때문이다.

그러나 특별히 무혼은 거족들과 한스, 그리고 탈룬 등에게도 차원의 바다를 항해할 기회를 주기로 했다. 차원의 바다가 보여 주는 웅장함, 그리고 비록 간접적이나마 마계 마족들과의 전투를 목격하게 해 투지를 심어주기 위함이었다.

라개드와 적풍, 그리고 오스느크는 거족들 중에서 가장 뛰어난 기재들이었고, 한스는 무혼의 첫 번째 부하이자 제자로 그의 실력도 일취월장 중이었다.

그리고 탈룬은 얼마 전 소드 마스터의 경지에 이르렀는데, 앞으로 그의 노력에 따라 조만간 어지간한 상급 마족들과 충분히 맞붙을 만한 전투력을 보유하게 될 것이다.

알렌은 진작부터 무혼을 따라 차원의 바다로 나와 보고 싶었지만 그동안 루인을 지키기 위해 트레네 숲에 남아 있었다. 그러나 트레네 숲에 그로서는 상상도 하기 힘들 만큼 강력한 능력을 지닌 가디언들이 존재하는 것을 알게 되자 이번에는 안심하고 무혼을 따라 나섰다.

그는 비록 자신이 최근 최상급 마스터의 경지에 이르렀지만 그것에 만족하지 않고 차원의 바다에 존재하는 강자들은 물론이고 마계의 마족들과도 싸워보며 자신의 실력을 향상시켜 나가고 싶은 마음이었다.

모든 마스터들 위에 별처럼 찬란히 빛나는 그랜드 마스터!

알렌의 목표는 바로 그랜드 소드 마스터가 되는 것이었다. 아직은 요원하지만 그렇게 되면 그는 어지간한 최상급 마족이라 해도 가볍게 해치울 만한 실력을 갖추게 될 것이다.

이렇게 신입 선원들 중 거족들과 인간들은 강해지고 싶은 의욕을 불태우고 있었지만, 그들과 달리 드래곤 선원들인 루디스와 샤로나는 미지의 세계에 대한 호기심에만 젖어 있었다. 드래곤들에게 고통스러운 수련은 언제나 관심 밖일 뿐이다.

"잘 들어라. 간혹 이곳엔 우리가 무슨 수를 써도 어찌할 수 없는 거대한 폭풍이 불어온다. 그것은 차원풍이라는 것이지. 그땐 그 폭풍에 대항하지 말고 그 즉시 선실로 들어가야 한다. 알아들었나?"

"옛!"

"크워어! 잘 알아들었습니다."

갑판장 푸르카는 한동안 차원의 바다에 대한 각종 지식과 특히 주의해야 할 사항에 대해 전파했다. 물론 선장의 부재시 갑판장인 자신의 말에 절대 따라야 함도 빠뜨리지 않았다.

적당히 교육이 끝나자 푸르카는 선원들을 더 이상 간섭하지 않았다. 이제 선원들이 배에서 뭘 하든 자유였다.

그 순간 포르티와 아그노스가 갑판 아래 선실 한 곳으로 은밀히 신입 선원들을 불러 모았다.

"어어! 신입들? 다들 이리 모여 보라고. 내가 재밌는 걸 가르쳐 주지."

"호호! 여기야 여기. 이 지루한 항해에서 시간 죽이는 데 이것만 한 게 없어."

고참 선원인 포르티와 아그노스가 카드놀이를 하자는 엉뚱한 제안을 하자 신입 선원들은 마지못해 모두 참석했다. 거족들도 예외가 될 수 없었다.

이로이다 호의 선원이 된 순간부터 선원들은 봉급을 지급 받는다. 봉급은 오르덴 항구에서 사용이 가능한 베카와 가디 화폐로 이미 신입 선원들도 첫 번째 봉급을 받아 쥔 터였다.

포르티와 아그노스는 신고식겸 신입 선원들의 주머니를 털어먹을 심산으로 카드놀이 판을 벌인 것이었다. 다만 엘프 베니뉴스와 레이탄트는 카드놀이에 참석하지 않고 갑판 위에서 하프와 바이올린 합주를 시작했다.

또한 푸르카도 카드놀이에 관심이 없는 듯 선미루 2층에 위치한 테라스에 앉아서 베니뉴스 등의 합주에 귀를 기울였다. 그의 앞에는 물의 정령왕 베나토르 슈이의 가디언인 가르니아가 마주 앉아 있었다.

"심심한데 와인 한잔 어떻소, 가르니아?"

"와인? 그야 당연히 좋아요."

그러자 푸르카는 아공간에서 와인 한 병과 와인 잔 두 개를 꺼냈다.

쪼륵.

푸르카가 와인을 따라주자 가르니아는 와인 잔을 들어

향을 음미하고는 빙긋 미소 지었다.

"향이 꽤 좋군요."

푸르카가 득의만만한 미소를 보내며 고개를 끄덕였다.

"이건 이로이다 대륙 고바 제국 남부산으로 황제에게나 바친다는 최고의 와인이오. 향기도 좋지만 와인을 입에 넣는 순간 마치 키스를 하는 듯 황홀한 기분이 혀에 느껴질 거요."

가르니아의 두 눈이 가늘어졌다.

"와인에서 키스 맛이? 왠지 허풍 같군요."

"헛소리인지 아닌지 일단 마셔 보시오."

그러자 가르니아는 한 모금 벌컥 와인을 들이켰다. 곧바로 그녀의 두 눈이 휘둥그레 변했다.

"우홋, 정말이네. 기분이 이상해. 뭐 이런 와인이 다 있죠?"

"후후, 마시다 보면 중독될 거요."

이 둘은 최근에 꽤 친해진 터였다. 종족은 다르지만 의외로 말이 잘 통해 친구처럼 지내고 있었다.

"흐흐! 그럼 모두 충분히 알아들었을 것이라 믿고 카드를 돌리도록 하지."

한편 갑판 아래 선실 중 하나에 모인 선원들은 카드놀이에 열중하느라 정신없었다. 포르티가 아주 간략하게 카드놀이 규칙을 알려줬고, 연습도 없이 곧바로 실전으로 이어졌다.

사사사삭.

포르티는 바람 같은 속도로 카드를 돌렸다. 신입 선원들은 바싹 긴장한 채 자신의 카드를 받아 쥐었다.

"이거 운 좋게 난 흔들고 시작하는군."

"어멋! 그럼 나는 광을 팔아야지."

포르티와 아그노스는 서로 눈짓을 주고받으며 각자에게 유리한 카드가 돌아가도록 판을 조장하고 있었다.

그렇게 몇 판이 지났을까?

연승 행진을 계속하고 있던 포르티와 아그노스의 안색이 돌연 구겨졌다. 그들의 작전을 눈치챈 드래곤 샤로나와 루디스가 서로 연합 작전을 구사하더니 결국 승리를 거둔 것이다.

그뿐이 아니었다. 처음에는 인상을 찌푸린 채 잃기만 하던 알렌과 탈룬 역시 점점 만만치 않은 실력을 내보이기 시작했다. 심지어 탈룬은 알렌을 위해 밀어주기 작전을 구사하기도 했다.

이러한 의외의 상황에 포르티와 아그노스는 떨떠름하기 짝이 없었다.

'빌어먹을! 어째 모두 강적들이잖아.'

'조심해야겠어. 자칫하다 우리가 털릴지도 몰라.'

그러나 진정한 강적은 따로 있었다. 포르티와 아그노스, 루디스와 샤로나, 알렌과 탈룬이라는 강력한 작전 세력(?)들의 농간에도 불구하고 유유히 승리를 거머쥐는 이가 있었으니. 그는 놀랍게도 한스였다.

처음에는 우연인 듯싶었다. 그러나 한스가 연거푸 세 판을 내리 이기자 결국 포르티 등은 울컥하며 한스를 노려봤다. 트레네 숲에서 답답할 정도로 고지식함을 자랑하던 한스가 카드놀이를 잘한다는 것은 믿기 어려운 일이었다.

"솔직히 말해봐라. 네놈 무슨 수를 쓴 것이냐?"

"그냥 운이 좋았을 뿐입니다."

한스는 머쓱한 표정으로 웃었다. 포르티 등은 한스가 무슨 잔수작을 부린 것은 아닌지 주시했지만 그 어떤 꼬투리도 찾아낼 수 없었다.

"헤헤! 제가 또 이겼군요."

다음 판도 한스가 승리했다. 한스는 자신 앞에 수북히 쌓인 베카를 보고 흐뭇하게 웃었다. 사실 도박에는 소질이 없는 그가 이렇게 돈을 따 보기는 처음이었다. 그런 귀의 귀로 싸늘한 음성이 들려왔다.

〈쯧! 표정 관리 못 하느냐? 그러다 녀석들이 눈치채면 귀찮아진다는 말이다.〉

한스는 흠칫하며 웃음을 그치고는 매우 진지한 표정으로 변했다. 그러자 다시 싸늘한 음성이 이어졌다.

〈이런 답답한 녀석 같으니! 그렇다고 누가 또 그렇게 금세 표정을 바꾸라고 했더냐? 아무튼 네놈은 정신 바짝 차리고 내가 지시한 대로만 해라. 그리고 딴 돈은 반씩 나누기니 나중에 딴소리하지 마라.〉

다름 아닌 갑판장 푸르카였다. 푸르카가 짐짓 관심 없는 척해도 은밀히 선실을 지켜보며 한스를 통해 카드놀이에 관여하고 있었던 것이다.

그런데 다시 또 이변이 발생했으니! 그동안 호구 노릇을 하며 계속 베카를 가져다 바치기만 하던 거족들이 갑자기 역공을 가하기 시작했다.

이 또한 처음에는 우연인 듯싶었지만 라개드에 이어 적풍, 그리고 오스느크가 돌아가며 차례로 승리하자 포르티 등은 미칠 지경이었다. 급기야 다시 라개드가 대승을 거두며 판돈을 완전히 휩쓸어 버렸고, 그런 식으로 몇 판이 계속되자 카드놀이는 끝이 났다.

판돈으로 준비했던 베카를 모두 털린 포르티와 아그노스는 망연자실한 표정으로 라개드를 쳐다봤다. 한스 역시 푸르카로 인해 땄던 베카를 비롯해서 봉급으로 받은 돈마저 모두 잃었다. 알렌과 탈룬, 그리고 루디스와 샤로나도 빈털

터리가 되어 버렸다.

"취익! 정말 재미있었습니다만 어디까지나 놀이였으니 돈을 모두 돌려주겠습니다."

라개드는 판을 휩쓸고 딴 베카들을 공평하게 돌려주고는 손을 털고 일어섰다.

"취익! 그럼 저는 이만 나가보겠습니다."

포르티 등은 어색하게 미소를 지었다. 그들은 드래곤들 앞에서 당당하게 일어서는, 특히나 딴 돈을 아무렇지도 않게 돌려주는 자이언트 오크를 보며 왠지 모를 좌절감을 느꼈다. 그의 뒤를 따라 선실 바깥으로 나가는 적풍과 오스느크를 향해서도 마찬가지였다.

"우리도 이만 가보겠소."

알렌과 탈룬이 나갔고, 한스도 나갔다. 루디스와 샤로나도 슬그머니 일어나 갑판 위로 올라가 버렸다. 포르티와 아그노스는 마주 보며 한숨을 내쉬었다. 신입 선원들의 돈을 홀랑 털어먹은 후 다시 돌려주는 조건으로 갖가지 장난질을 치려 했던, 이른바 신입 선원 길들이기 계획은 수포로 돌아가고 말았다.

"우라질! 어떻게 하나같이 강적들이냐? 이제 카드놀이도 못 해먹겠군. 거족 녀석들에게 지다니 이게 웬 망신이야?"

"흥! 아무래도 푸르카 님이 장난을 친 게 틀림없다고."

"아마도 그렇겠지. 빌어먹을!"

그들은 이미 이 이해할 수 없는 사태의 뒤에 누군가 있음을 당연히 짐작하고 있었다. 다만 심증은 있지만 물증이 없으니 뭐라 할 수 없을 뿐이다.

그런데 사실 라개드가 대승을 거두게 된 것은 다름 아닌 무혼 때문이었다. 푸르카가 한스를 통해 카드놀이판에 끼어들었듯이 무혼 역시 거족들을 통해 판을 조종했다. 라개드 등은 무혼의 지시에 따라 카드를 던지기 시작했고, 그렇게 해서 결국 판돈을 싹쓸이할 수 있었다.

한편 그때 선미루 2층에서 가르니아와 와인을 마시며 은밀히 카드놀이판을 조종하던 푸르카 역시 선장 무혼이 개입했음을 눈치채고 쓴맛을 다셨다. 자신이 만들어 놓은 판을 뒤바꿀 능력을 가진 존재는 무혼 뿐이니까.

그런데 그때 가르니아가 의외의 말을 하는 것이었다.

"하! 설마 선장님이 나설 줄은 몰랐네요. 막판엔 내가 판을 쓸려고 했는데 말이죠."

"뭐요. 그럼 당신도?"

푸르카는 어이없어하는 표정을 지었다. 푸르카가 한스를 도와주는 사이 가르니아도 알렌과 탈룬을 도와 감쪽같이 판을 털려 하고 있었던 것이다.

하긴 물의 로아탄인 가르니아의 능력은 푸르카보다 위에

있었기에 충분히 가능한 일이었다. 아마 무혼이 개입하지 않았다면 결국 최후의 승자는 알렌과 탈룬이 되었으리라.

어쨌든 그렇게 차원의 바다에서 벌어진 카드놀이 사건은 엉뚱하게 끝이 났다. 포르티와 아그노스의 제 1차 신입 선원 길들이기 계획은 실패로 끝났지만, 그들은 이번의 실패를 교훈 삼아 더욱 치밀한 계획을 세울 것이다. 그거야말로 그들에게 있어서 이 지루한 차원의 바다를 여행하는 도중 즐길 수 있는 일종의 놀잇거리요 낙이라 할 수 있었으니까.

무혼 역시 그 사실을 잘 알았다. 따라서 너무 심한 장난질이 아니면 굳이 포르티 등의 놀이를 방해할 생각은 없었다. 다들 그러다 친해지는 것이다. 이번에도 방해라기보다는 함께 즐긴다는 차원에서 참여(?)했을 뿐이다.

어느덧 이로이다 호가 차원의 바다로 나온 지 3디에스 즉, 대략 한 달의 시간이 지났다.

지난 한 달 사이 무혼은 선실에서 꾸준히 심검의 경지를 확장시키는 수련을 했다. 그러나 그 또한 다시 한계에 도달하고 나니 더 이상 수련의 진척이 없었다.

물론 그렇다 해도 수련은 꾸준히 해 나가야 한다. 당장은 더디거나 혹은 답보 상태일지라도 지속되는 수련을 통해서만이 지금의 한계를 돌파하고 새로운 영역에 도달할 기회를 주기 때문이다.

따라서 무혼은 하루의 일정 시간은 계속해서 한계 돌파를 위한 수련에 할애했다. 그리고 동시에 주술이나 마법과 같은 새로운 분야에 대한 연구도 멈추지 않았다.

그런데 최근 심검의 경지가 새로이 한계를 돌파했던 덕분일까? 그것은 곧바로 주술과 마법의 영역에도 경이적인 성취를 주었다.

무혼의 마법 경지는 이미 천 년 전 이로이다 대륙의 그랜드 마스터급 마법사였던 필리우스의 성취를 뛰어넘었고, 주술의 경지 역시 그와 비슷했다.

무공을 펼칠 때 초식에 얽매지 않듯, 무혼은 이제 마법과 주술을 펼칠 때도 더 이상 주문에 속박되지 않았다. 무혼의 의지에 따라 원하는 마법이나 주술이 즉각 펼쳐졌으니까.

이미 속성이나 계열의 한계도 깨어진 터라 화염 마법과 빙결 마법처럼 상반된 속성을 가진 마법들을 동시에 펼치는 것도 간단한 일이었다.

심지어 마법과 주술, 그리고 무공의 경계도 깨어졌다. 그러다 보니 예전에 처음 마법을 배울 때 이론적으로만 떠올렸던 마법과 무공의 접목도 얼마든지 가능해졌다.

이를테면 파이어 볼에 강기(罡氣)의 기운을 불어넣어 그 위력을 증폭시킬 수도 있고, 평범한 검기(劍氣)에 빙결 마법이나 라이트닝 마법을 깃들일 수도 있었다. 이러한 조합은 무궁무진했고 각각의 위력은 모두 상상을 초월했다.

그러나 그 모든 조합들도 결국 무혼이 최근 도달했던 심검의 새로운 영역 앞에서는 하찮은 장난거리 수준에 불과할 뿐이었다. 적어도 전투에 있어서는 더더욱 그랬다.

그렇다 해도 무혼은 그러한 갖가지 조합의 시도를 멈추지 않았다. 엉뚱한 결과들이 많이 도출되었지만 그래도 그것들이 무혼의 흥미를 꽤 자극했기 때문이었다.

무혼의 상상 속에서는 마치 하루에도 무수히 떠올랐다 사라지는 심검의 무공초식들처럼 갖가지 마법 주문과 주술 주문들이 떠올랐다 사라졌다.

나아가 아공간과 각종 마법진, 주술진, 주술 결계들도 경계를 허물며 특이한 조합을 이루었는데, 그러한 와중에 무혼은 매우 기괴하면서도 특별한 하나의 세계를 발견해 내는 데 성공하고 말았다.

어쩌면 그것은 두 번 다시 얻을 수 없는 행운과도 같았다. 우연에 우연이 겹치고, 다시 또 다른 우연이 겹쳤다고 할 만큼 희귀한 행운이랄까?

본래는 주술의 아공간을 좀 더 효율적으로 사용하고 싶은 목적에 여러 방법을 시도해 본 것이었는데, 그러다 그의 아공간이 난데없이 주변을 흘러가는 새로운 공간과 연결되었던 것이다.

차원 속을 유랑하듯 스쳐 지나가던 그 공간은 무혼의 아공간과 만나는 순간 멈춰 섰다.

우연히 마주친 신비한 공간!

그곳은 단순한 공간이 아닌 하나의 독립된 세계였는데, 당시 무혼은 마치 아득히 오랜 세월동안 고립되어 있던 한 세계의 문을 연 것 같다는 느낌을 받았다. 그러나 대체 그 세계가 어떻게 자신의 아공간과 연결되었는지 무혼은 알지 못했다.

커다란 섬이 보였는데 주변은 망망한 바다뿐이었다.

본래 이 세계는 어디에 있던 것일까? 확실히 알 수는 없지만 아마도 이 신비하고 방대한 차원의 바다 너머 혹은 에후드 아마나의 아득한 어딘가에 존재하는 무수한 세계 중 한 곳일 것이다.

무혼은 이 알 수 없는 신비한 세계를 환계(幻界)라고 부르기로 했다.

흥미로운 사실은 무혼이 만들어 낸 주술의 아공간이 환계와 연결되는 게이트가 된 덕분에, 무혼 역시 환계로 왕복할 수 있었고, 심지어 무혼의 진원마기와 연결되어 있는 권속들도 진입이 가능했다.

이로이다 호의 선실에 가둬 놓은 마물 권속들이 대표적

이었다. 물론 그렇다 해서 그들 스스로 환계에 진입할 수 있는 것은 아니었고 번거롭지만 무혼이 아공간의 창고에 물건을 입고시키듯 마물들을 일일이 이동시켜야 했다.

그래도 이로이다 호의 갑판 아래 웅크리고 있던 수천의 마물 권속들에게 새로운 거처가 생긴 것임은 틀림없었다.

무혼은 그 즉시 마물 권속들을 환계에 위치한 섬으로 이동시켰다. 칙칙한 선실에 갇혀 있다가 확 트인 공간으로 나온 마물들은 크게 당황했다. 미지의 낯선 장소를 두려워하는 건 인간이나 마물이나 다를 바 없는 모양이었다.

"해치지 않을 테니 당황할 것 없다. 이제부터 너희들은 이곳 환계에서 지내도록 해라."

이로써 마물들은 환계의 낯선 섬에서 살아가게 되었다. 섬은 꽤 컸고 숲으로 뒤덮여 있어 마물들이 지내는 데 불편이 없어 보였다.

무혼은 잠시 마물들을 지켜보다 그중 제법 강한 기운을 풍기는 녀석들을 불러냈다. 하스디아 대륙의 마물 군단장인 피루스까지는 아니어도 제법 강한 기운을 풍기는 상급 마물들은 수십 마리가 넘었다.

그중에서 가장 강한 기운을 풍기는 한 마물은 트윈 헤드 서펀트였다. 그는 두 개의 머리를 가진 거대 뱀 형상을 하고 있었고 이름은 우드아쓰였다. 무혼은 그를 지명했다.

"우드아쓰! 이곳에서 마물들이 서로 다투지 않도록 네가 잘 통솔하도록 해라."

"크큿! 로드의 명을 받듭니다."

"취익! 로드의 뜻대로 하겠습니다."

우드아쓰가 가진 두 개의 머리 중 하나는 인간의 형상을, 다른 하나는 오크의 형상을 가진 터였다. 그런 만큼 둘이 동시에 대답을 했다.

무혼은 우드아쓰가 마물들을 통솔하기 쉽도록 그에게 암흑 마나를 주입해 주었다. 그로써 그는 가히 최상급 마족 못지않은 강력한 전투력을 가지게 되었다. 이 정도면 모든 마물들을 통솔하는 데 전혀 무리가 없을 것이다.

물론 우드아쓰는 임시 우두머리였다. 지금은 하스디아 대륙의 마물 군단장으로 있는 피루스를 조만간 이곳으로 데려와 마물들을 통솔하게 할 작정이었다.

'흠.'

그나저나 비록 환계일망정 무작정 마물들을 방치할 필요가 있을까? 마물들 중에는 각종 흑마법이나 기괴한 주술을 구사할 줄 아는 이들이 꽤 있었는데, 무혼은 그들을 연금술사들로 분류한 후 특별한 임무를 주기로 했다.

곧바로 무혼은 마물들을 동원해 커다란 건물을 몇 개 지었다. 특별한 장비도 없었지만 마물들은 손이나 발이 곧 연

장이나 다름없었고, 필요한 자재는 섬과 해안, 그리고 바다
에 널려 있었다.

더구나 마물 중에는 땅의 정령과 흡사한 능력을 가진 녀
석들도 꽤 있었기에 흙을 주물러 커다란 건물을 세우는 일
정도는 식은 죽 먹기나 마찬가지였다. 그러다 보니 꽤나 훌
륭한 건물들이 금세 완성되었다.

첫 번째 건물의 용도는 도서관이었다. 그 안은 무혼이 가
지고 있던 흑마법 서적들과 마족들의 주술서, 그리고 네르
옹의 요리서들 등으로 빽빽이 들어찼다. 앞으로 마물 연금
술사들은 누구나 자유롭게 이 책들을 열람할 수 있었다.

또 다른 건물에는 온갖 요리와 연금술 도구들이 배치되
었다. 남은 건물들은 각종 재료들을 쌓아 놓는 창고 용도로
사용하기로 했다.

이제 마물 연금술사들은 연금술을 지속적으로 연구하며
갖가지 특이한 효능을 지닌 포션들을 비롯해 마법과 주술
이 깃든 무구를 제작하고, 심지어 맛 좋은 요리도 만들어
낼 것이다.

연금술에 필요한 재료들은 무혼이 아공간에 꽤 가지고
있었지만, 그것들 외에도 섬에는 각종 특이한 재료들이 널
려 있으니 그것들을 채취해 활용하도록 했다.

사실 이 낯선 섬의 숲을 이루는 식물들은 대부분 무혼이

처음 보는 것들이었다. 그것들을 하나하나 채취해 효능을 알아내고, 연금술에 활용하는 것이야말로 마물 연금술사들이 할 일이었다.

특히 섬을 둘러싼 바닷속에도 생소한 식물과 동물이 잔뜩 있으니 적어도 마물 연금술사들이 심심할 일은 없을 듯했다. 그들은 새롭게 알아낸 지식들을 연금술 실험에 활용할 뿐 아니라 무혼이 볼 수 있도록 책이나 보고서로 만들어 도서관에 비치해 놓을 것이다.

그러나 마물들 중에는 이처럼 학구적인 이들만 있는 것은 아니었다. 아니, 본래 마계의 마물로서 온갖 사악한 짓을 일삼았던 그들의 특성상 전투와 살육을 좋아하는 이들이 대부분일 것임은 당연했다.

무혼은 그중 특별히 강한 마물들을 따로 뽑아 암흑 마나를 주입했다. 유사시 이들을 바깥으로 소환해 전투에 활용하거나 특정한 임무를 부여하기 위함이었다.

이렇게 무혼이 환계의 섬을 정비하고 있을 무렵 이로이다 호는 무혼의 새로운 목적지인 유레아즈 제 43마계, 누베스 대륙이 존재하는 세계로 진입했다.

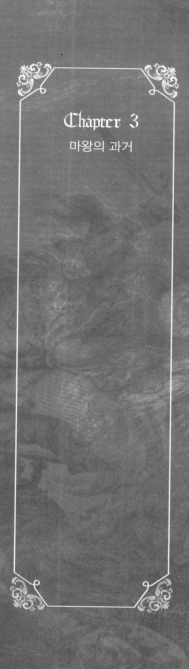

Chapter 3

마왕의 과거

좌아아아!

이로이다 호는 푸른 물살을 갈랐다. 갑판에는 포르티와
아그노스를 비롯한 이로이다 호의 선원들이 설레는 표정으
로 전면을 주시하고 있었다.

"저 멀리 보이는 땅이 바로 누베스 대륙인가 본데? 그것
참, 하스디아 대륙에서도 그랬지만 그냥 경치만 보면 도무
지 마계인지 전혀 모르겠단 말이야."

포르티의 말에 모두들 고개를 끄덕였다. 마계에 진입한
다고 해서 잔뜩 긴장한 터였는데, 눈앞에 펼쳐진 경치는 평
화롭기 그지없었던 것이다.

그러나 이곳은 마계였다. 멀리서 보면 아름답지만 안으로 들어가 보면 그야말로 처참한 상황이 펼쳐져 있을 것이 틀림없었다.

　출정에 앞서 무혼은 마물 권속 10마리를 소환했다. 이들은 모두 전투에 능한 마물들로 무혼이 암흑 마나를 주입해 본래에 비할 수 없이 강해진 터였다.

　"너희들은 각 방향으로 흩어져 이곳 대륙의 지도를 작성해라."

　"예, 로드."

　무혼이 명하자 아홉 마리의 마물이 여러 방향으로 흩어졌다. 머리에 흑색의 후드를 눌러쓴 자그만 체구의 마물 칼틴은 무혼의 곁에 남아서 다른 마물들이 보내오는 정보를 토대로 누베스 대륙의 좌표 지도를 작성하기 시작했다.

　흩어진 마물들은 특정한 거리마다 멈춰 선 후 자신이 수집한 정보를 주술 통신구를 통해 칼틴에게 알려 주었다. 그러면 칼틴이 들고 있는 커다란 주술 두루마리에 상세한 지도가 그려졌다.

　주술 통신구나 주술 두루마리는 모두 무혼이 만든 것으로, 지도에는 마물들이 수집한 온갖 자료들이 모두 표시됐다. 산이나 강과 같은 지형뿐 아니라 지나가며 발견한 마을, 나라, 각 종족들의 현황도 포함되어 있었다.

물론 그중 가장 중요한 것은 마족들이 있는 위치였다. 현재 파견된 마물들은 피루스처럼 아주 먼 거리에 있는 마족의 존재를 간파하진 못해도 적당한 거리 내에 존재하는 마족을 눈치챌 만한 능력이 있었다. 그들은 그것을 토대로 마족의 위치를 표시하기로 했다.

이렇게 마물들이 누베스 대륙의 지도를 작성하는 사이 무혼은 모처럼 신입 선원들의 무공을 지도하는 시간을 가졌다. 라개드를 비롯한 거족들과 한스는 물론이요, 소드 마스터인 알렌 백작과 탈룬에게도 적지 않은 가르침을 주었다.

무혼은 알렌이 그토록 바라마지않는 그랜드 소드 마스터의 경지도 진작 뛰어넘은 초월경의 절대 고수다. 그런 그의 가르침은 알렌과 탈룬에게 검술에 대한 새로운 눈을 뜨게 해 주었다.

그렇게 3일이 지났을 무렵, 칼틴은 누베스 대륙의 지도 일부를 작성해 무혼에게 보고했다. 마물들의 속도가 아무리 빠르다 해도 불과 3일 사이에 방대한 누베스 대륙의 전역을 돌아보기란 불가능하기에, 현재 작성된 것은 전체 대륙의 일부에 불과했다.

그래도 지도에는 이미 십여 개의 나라와 그 안에 속해 있는 수천 개 마을들의 좌표가 세세히 표시되어 있었다. 마족들이 있는 위치도 마찬가지였다.

물론 무혼은 이 모든 마을들을 일일이 돌아다니며 마족들을 다 제거할 생각은 없었다. 그것은 시간상으로 매우 비효율적인 일이기 때문이다.

이미 하스디아 대륙에서 마족들을 제거해 본 경험이 있는 무혼은 굳이 자신이 하나하나 다 돌아다니지 않아도 적당히 한 지역만 휩쓸어 버리면, 마족들이 알아서 자신을 찾아올 것임을 알고 있었다.

물론 마족들이 무혼을 찾아오지 않아도 상관없다. 지도를 작성하기 위해 누베스 대륙을 누비는 마물 권속들이 주요 마족들이 있는 위치들을 파악해 올 테니까.

다시 말해 좀 더 시간이 걸린다 뿐이지 결국 누베스 대륙을 지배하는 마족들이 똬리를 튼 마궁의 위치는 발각될 것이다. 그 마궁과 다크 포탈을 제거해 버리면 이곳 세계는 용자의 성 휘하로 병합되고 즉각 이로이다 대륙과 연결이 된다.

그 이후에도 남아서 저항하는 마족이나 마물들을 제거하는 일쯤이야 트레네 숲의 엘리나이젤과 가디언 로아탄들에게 맡기면 된다. 또한 하스디아 대륙의 마물 군단을 이끌고 있는 피루스를 불러서 맡겨도 되는 일이었다.

따라서 무혼의 목적은 가급적 최단기간에 이곳 누베스

대륙을 용자의 세계로 편입시키고, 또 다른 마계를 찾아 이동하는 것이었다.

무혼이 출정을 떠나 있는 동안 이로이다 호의 방어는 갑판장 푸르카를 비롯한 선원들이 맡았다. 그들이 아니라도 물의 로아탄 가르니아가 있으니 웬만한 마족들의 습격으로는 꿈쩍도 하지 않을 것이다.

그러나 사실 푸르카 등은 모르고 있지만 이로이다 호에는 무혼이 이미 은밀히 강력한 마법진과 방어 주술진을 펼쳐 놓은 터였다.

그것들은 푸르카 등이 알고 있는 마법진들보다 몇 차원 상위에 있는 것이라 설사 마왕 유레아즈가 나타나 공격을 가한다 해도 무혼이 도착할 시간만큼은 충분히 벌어줄 것이다.

그런데 무혼이 이러한 사실을 말하지 않은 이유는 단순했다. 드래곤들의 기를 죽여서는 안 되기 때문이었다.

드래곤들은 다른 것은 몰라도 마법만은 무혼보다 더 잘한다고 자신하고 있는데, 만일 무혼이 이미 그들의 마법 경지를 아득히 초월한 것을 알게 되면 큰 충격을 받을 것이다.

특히 포르티와 아그노스가 문제였다. 그들은 자신들이 비록 싸움은 못하지만 그나마 마법 실력을 통해 무혼에게 미약하게나마 도움이 된다고 생각하고 있었다.

그런데 만일 자신들의 마법조차도 무혼에게 쓸모가 없다는 것을 안다면 아마 크게 상심해 홀연히 어디론가 떠나 버릴 것이다. 그만큼 소심하기 그지없는 드래곤들이니 무혼이 조심하는 건 당연했다.

한편 무혼이 누베스 대륙에 진입한 사실은 이미 유레아즈에게 보고된 터였다. 무혼에게 하스디아 대륙을 빼앗긴 것에 분노한 유레아즈는 마계 전역에 비상 경계령을 내린 후 무혼의 움직임에 촉각을 곤두세웠다.

"크큿! 놈이 이번엔 누베스 대륙에 들어왔다고? 손님이 들어왔으면 주인된 입장에서 마땅히 대접을 해 주는 것이 도리이겠지."

그러자 대전에 모인 마족들과 로아탄들이 일제히 엎드리며 외쳤다.

"위대하신 마왕이시여! 어찌 그따위 하찮은 용자 놈을 친히 상대하시려 하시옵니까?"

"마왕이시여! 저희들에게 맡겨 주시면 놈과 놈의 세계를 짓밟아 버리겠습니다."

유레아즈는 손을 휘저었다.

"귀찮게 굴지 말고 입들 닥치고 있어라. 내가 직접 나서는 데는 다 이유가 있음을 모르느냐?"

퉁명스러운 말투와는 달리 마왕궁의 대전을 떠나는 유레아즈는 마치 봄날의 소풍이라도 나서는 듯 여유로운 표정이었다. 그런 그의 뒤를 한 명의 로아탄이 뒤따랐다.

양쪽 어깨에 칠색의 화려한 날개를 지닌 여인! 신비로운 금빛 머리에 붉은색 홍채를 가진 이 뇌쇄적인 미모의 여인은 유레아즈의 가디언 로아탄 중 최강의 능력을 지닌 팔레나스였다.

"팔레나스, 아느냐? 내가 노지즈 해역에 들어온 이래 가장 골치 아픈 용자가 출몰했어. 일찌감치 제거하지 않으면 꽤 귀찮은 일이 벌어질지도 모른다."

그 말에 팔레나스의 두 눈에 이채가 일었다.

"놈이 그토록 강한 능력을 지니고 있나요?"

"아직 몰라. 그래서 직접 내가 가는 거야. 아까운 마족이나 로아탄들을 계속 희생시킬 수는 없잖아. 저놈들이 비록 지금은 널려 있는 것 같아도 막상 없어지면 다시 모으기 쉽지 않아. 마왕 혼자서 마계를 다스릴 수는 없지 않으냐?"

"그렇다면 제게 맡겨 주세요. 제가 가서 놈을 죽여 버리겠습니다."

그러자 유레아즈가 권태로운 표정을 지으며 고개를 흔들었다.

"너라면 가능할 수도 있겠지. 그러나 내가 직접 간다. 귀찮긴 하지만 기왕에 나섰으니 놈의 능력을 직접 시험해 봐서 쓸 만한 녀석이면 부하로 거둘까도 생각 중이야."

"용자를 부하로 거둔다? 호호호! 아주 흥미로운 일이로군요. 그런데 놈이 죽으면 죽었지 부하가 되려 할까요?"

"글쎄! 나도 큰 기대는 하지 않는다만 그런 놈이 내 부하가 되면 콘딜로스 놈에게 꽤 위협적인 존재가 될 거야."

순간 팔레나스가 눈을 크게 떴다.

"설마 콘딜로스 마왕을 치실 생각인 건 아니겠죠?"

"팔레나스, 기억하느냐? 아득한 옛날 이곳 노지즈 해역에 처음 왔을 때 내가 했던 말을 말이다. 그땐 이곳에 너와 나 둘만 있었지."

"제가 어찌 그 말씀을 잊을까요? 유레아즈 님께서는 당시 새로 생겨난 이곳 노지즈 해역을 마해역으로 만드신다고 하셨죠."

"후후후, 그렇다. 잘 기억하고 있구나. 이곳 노지즈 해역을 오직 나만의 마해역으로 만들겠다는 것이 나의 꿈이었다. 그리고 그 꿈은 충분히 이루어질 수 있었지만 그 망할 콘딜로스 놈이 나타나면서 뭉개졌지. 으득!"

유레아즈는 잠시 과거를 회상했다.

오래전 정처 없이 차원의 바다를 부유하던 133개의 세계들!

그 133개의 세계들은 본래부터 존재했지만 그때까지 아무런 해역에도 속하지 않았다. 그러다 우연히 그 세계들이 한데로 모여들며 하나의 새로운 해역을 이루었고 그렇게 지금의 노지즈 해역이 탄생했다.

차원의 바다에서 새로운 해역이 생겨나는 것은 보통 이같은 방식으로 이루어지는데, 그때마다 이런 신해역에 가장 먼저 관심을 갖는 자들은 바로 마왕들이었다.

당시 유레아즈는 특별한 거처가 없이 방랑하던 신세였다. 본래 그는 이곳 노지즈 해역과는 아득히 먼 곳에 떨어진 아팔로스 해역에 거주하던 마왕이었지만, 그보다 훨씬 강력한 힘을 가진 마왕에게 밀려나 어쩔 수 없이 새로운 근거지를 찾기 위해 방랑 중이었다.

그런데 사실 그의 방랑 생활은 매우 파란만장했다. 처음 아팔로스 해역을 나올 때만 해도 그의 함대에는 수많은 마족들과 로아탄들이 있었지만, 차원의 바다의 한곳에서 하필이면 천화린룡(天花璘龍) 아르티펙스의 함대와 시비가 붙었던 것이 문제였다.

천화린룡 아르티펙스는 초용족(超龍族) 중 하나로 가공무쌍한 능력을 지닌 초월자였다. 굳이 비유하자면 당시 유레아즈는 마치 숲의 제왕이라 불리는 오우거 앞에 선 작은 코볼트와 비슷한 처지였다 할 수 있었다.

그러한 대적 불가의 강자를 만난 유레아즈는 그의 노예가 되겠다고 간청하고서야 간신히 살아남았다. 그리고 그 후로 그는 무려 1만 년 동안 아르티펙스의 충실한 노예 생활을 한 후 운 좋게 풀려났다.

1만 년 만에 간신히 자유를 되찾았지만, 유레아즈는 막막했다. 마왕이면 무얼 하는가? 그를 따르는 가디언 로아탄은커녕 그 흔한 마족이나 마물 부하 하나도 없는 신세였으니.

심지어 아공간에 있던 막대한 보물들도 아르티펙스에게 모조리 빼앗긴 터였다. 이토록 아무것도 없는 빈털터리 마왕이 험난한 차원의 바다에서 다시 기반을 잡는다는 것은 결코 쉬운 일이 아니었다.

그러나 유레아즈는 밑바닥부터 차근차근 다시 기반을 쌓아 나갔다. 자존심을 굽힌 채 다른 마왕의 용병으로 고용되어 돈을 벌기도 했고, 또한 오르덴들의 의뢰를 받아 갖가지 청부를 행하기도 했다.

그렇게 돈이 모이자 드디어 차원의 바다를 누빌 수 있는 전함을 살 수 있었다. 그 후로 유레아즈는 방랑하는 로아탄들을 가디언으로 삼으며, 주인 없는 마족이나 마물들을 부하로 끌어들였다. 그리고 차원의 바다의 해적들인 피라타들을 사냥하는 피라타 헌터로 명성을 얻으며 점차 세력을 쌓아갔다.

하지만 그에겐 또 다른 불행이 닥치고 말았으니, 하필이면 아주 악명 높은 피라타 루치페로가 이끄는 함대와 조우했던 것이 문제였다.

'으득! 그야말로 재수도 더럽게 없었지.'

놀랍게도 루치페로는 타락한 용자였다. 그는 본래 초월자인 절대 용자가 될 수도 있을 만큼 강한 용자였다지만, 무슨 일 때문인지 용자로서의 길을 포기하고 차원의 바다를 누비는 무법자의 길을 택한 자였다.

루치페로의 함대에는 그에게 패한 마왕이나 정령왕들이 부하로 득실거릴 정도였으니 한낱 평범한 마왕에 불과한 유레아즈가 어찌 당해낼 수 있겠는가.

어쩔 수 없이 유레아즈는 그 후로 대략 2천 년 동안 루치페로의 부하가 되어 차원의 바다를 누벼야 했다. 돌이켜보면 그래도 그때가 아르티펙스의 노예로 갇혀 답답하게 지내던 시절보다는 나은 면이 많았다. 온갖 사악한 짓을 일삼을 수 있었으니까.

루치페로는 오르덴의 항구들을 습격해 약탈하는 것은 물론이요 자신보다 약한 용자들을 죽이고, 그들의 세계를 멸망시키기도 했다.

그런 식으로 루치페로에게 멸망당한 세계는 셀 수 없었다. 이유는 모른다. 그는 파괴와 살육 자체를 즐기는 자였으니까.

심지어는 타락한 용자가 어지간한 마왕보다 훨씬 더 사악한 존재라는 것을 유레아즈가 실감할 정도였으니 오죽하겠는가.

어쨌든 당시 유레아즈는 영원히 루치페로의 부하가 되어야 할 운명이었다. 그러나 2천 년 만에 그가 다시 풀려난 이유는 루치페로가 오르덴 연합군과의 전투에서 패배했기 때문이었다.

오르덴 연합군에는 오르덴 전함대를 비롯해 수많은 정령왕들과 마왕들, 심지어 일부 용자들도 포함되어 있었다. 도저히 서로 어울릴 수 없는 이들이 연합군으로 모인 것은 물론 차원의 바다의 중립자인 오르덴들의 청부 때문이었다.

루치페로에게 수많은 항구를 약탈당한 오르덴들은 참다 못해 막대한 자금을 풀어 연합군을 조직했다. 루치페로가 아무리 강해도 오르덴들의 끝없는 물량 동원에는 배겨날 재간이 없었다.

루치페로와 오르덴 연합군의 제 342차 해전인 아이리스 해역 전투에서 결국 루치페로는 무참히 패배했고, 지긋지긋한 대전쟁은 막을 내렸다.

광활한 차원의 바다에서 무려 수만 년 이상을 무법자로 군림하던 타락한 용자 루치페로가 오르덴들에게 패배할 줄이야. 그야말로 차원의 바다에서 오르덴과 적이 되면 결국 어떤 꼴을 당하는지 톡톡히 보여주는 사건이었다.

루치페로를 비롯하여 그의 부하들 대부분은 죽임을 당했다. 그때 루치페로가 죽지 않고 살아서 달아났다는 설도 있지만 확인된 바는 없었다. 그 와중에 유레아즈는 용케 살아남았고 오르덴들의 노예로 전락했다.

마왕으로서 오르덴들의 노예가 되어서까지 살아야 하는가? 돌이켜보면 유레아즈로서는 그때가 가장 굴욕적인 시절이었다.

물론 마왕인 그가 작정하면 오르덴의 항구 하나 정도 뒤집어엎고 탈출하는 것은 일도 아니었다.

그러나 그렇게 되면 오르덴들의 공적이 되어 피라타로 선포되고, 결국 피라타 헌터들에게 비참한 죽임을 당하게 될 것이다. 실제로 당시 함께 붙잡혀 노예가 된 다른 마왕들 중에 그런 식으로 비참한 죽음을 맞이한 이들이 몇 있었다.

유레아즈는 묵묵히 참았고 기회를 기다렸다. 그리고 그에게 새로운 기회를 준 이가 바로 지금 바로 옆에 있는 미모의 로아탄 팔레나스였다.

팔레나스는 그때까지 자신이 섬길 로드를 만나지 않고 유유히 여행을 즐기고 있었다. 그러다 오르덴 항구 중 한 곳에서 술집 남급으로 일하던 유레아즈를 보고 운명을 느끼고 말았으니!

누군가의 가디언이 되기 위해 태어난 로아탄들은 자신보다 강하다고 해서 무조건 그의 가디언이 되고 싶은 운명을 느끼는 것은 아니었다. 실제로 팔레나스는 그녀보다 강한 마왕을 꽤 보았지만 그의 가디언이 되겠다는 생각을 해 본 적은 없었으니까.

그러나 유레아즈를 본 순간 그녀는 어떤 이유에선지 모르게 그의 가디언이 되고 싶은 운명을 느꼈기에, 오르덴들에게 그녀의 전 재산에 해당하는 큰돈을 지불하고 유레아즈를 노예로부터 풀어 주었던 것이다.

그렇게 극적으로 자유를 되찾은 유레아즈는 자신의 유일한 가디언이며 생명의 은인과도 같은 존재인 팔레나스와 함께 새로운 출발을 했고, 그러다 마침 새로 생겨난 노지즈 해역을 발견해 그곳을 마해역으로 만들고자 하는 야심찬 포부를 가지게 된 것이었다.

그런데 하필이면 그가 제대로 기반을 다시 잡기도 전에 노지즈 해역에 불청객이 들어왔으니 다름 아닌 마왕 콘딜로스였다.

콘딜로스는 유레아즈와 한때 절친한 사이였다. 그 역시 타락한 용자 루치페로의 부하였으니까.

그러나 아무리 친구라 해도 해역을 양보할 수는 없는 터, 유레아즈와 콘딜로스는 노지즈 해역의 세계들을 경쟁적으로 장악해 나가기 시작했는데, 그사이 그중 두 개의 세계에 불의 정령왕 나룬과 물의 정령왕 아쿠아가 와서 각각 자리를 잡아버렸다.

그뿐만 아니라 유레아즈와 콘딜로스도 쉽사리 이기기 힘든 악명 높은 피라타들이 다섯 개의 세계를 점령해 버리는 불의의 사태도 발생했다.

그러다 보니 유레아즈가 애초에 품었던 마해역으로의 꿈은 수포로 돌아가고 말았고, 그는 133개의 세계 중 60개의 세계를 자신의 마계로 만드는 데 만족해야 했다. 그사이 콘딜로스 마왕은 65개의 세계를 복속시킨 터였다.

콘딜라스와는 비록 친구라지만 언제까지 한 해역에 두 마왕이 존재할 수는 없는 터, 둘 중 하나는 쫓겨나야 할 운명인 것을 유레아즈는 잘 알고 있었다.

이러한 와중에 최근 꽤 강력한 용자가 이로이다 대륙에서 나타나 유레아즈에게 도전해 오고 있었다. 하스디아 대륙을 단번에 점령해 버린 것으로 보아 결코 만만치 않은 녀석이었다.

그저 애송이 용자 따위였다면 그냥 죽여 없애 버렸을 것이다. 그러나 실력이 뛰어나다면 얘기가 다르다. 유레아즈는 그 용자를 죽이기보다 자신의 부하로 삼아 콘딜로스를 견제할 욕심을 부리는 중이었다.

　"크큿! 놈이 나를 받들기 거부하면 죽여 버리면 되는 것이다. 하지만 그런 어리석은 선택을 하지는 않겠지. 자신의 세계가 모두 파괴되는 꼴을 보고 싶지 않다면 말이야."

　팔레나스가 고개를 끄덕였다.

　"그러려면 일단 놈을 무참히 패배시킬 필요가 있겠군요."

　"물론이지. 그래서 내가 직접 가서 놈에게 좌절감을 맛보게 해줄 생각이다. 팔레나스 너는 내 뒤를 따르며 그 장면을 지켜보도록 해라. 모처럼 흥미로운 구경을 하게 될 테니까."

　"예, 기대하지요."

　팔레나스는 씩 미소 지었다.

＊　　　＊　　　＊

　무혼은 이로이다 호에서 하선해 서쪽으로 이동했다. 거족들을 비롯한 신입 선원들이 무혼을 따라오고 싶은 눈치였으나 그것은 무리였다.

그냥 낯선 세계를 발견해 모험을 하는 상황이라면 모를까, 이곳이 유레아즈의 마계인 이상 무혼 혼자 움직이는 것이 편하다.

물론 엄밀히 말하면 무혼 혼자는 아니다. 무혼의 뒤를 마물 권속 칼틴이 따르고 있었고, 또한 아홉 마리의 마물 권속들이 앞서 정찰을 수행하고 있으니 말이다.

잠시 후 무혼은 누베스 대륙의 동부에 위치한 방대한 숲인 젤카 숲의 한 마을에 도착했다.

마을은 평범한 촌락으로 이루어져 있었는데, 촌민들은 각자의 일상에 바빠 무혼들이 나타나도 별다른 관심을 두지 않았다. 그저 각자가 사냥해서 잡은 짐승의 가죽을 벗기거나 혹은 숲에서 채취해 온 약초나 야채를 씻어 분류하는 등 자신의 일에만 열중할 뿐이었다.

마을엔 마족이나 마물의 흔적은 전혀 느껴지지 않았다. 무혼의 마물 권속들이 이미 지나가며 마족의 흔적을 발견하지 못했다고 했는데 무혼이 보기에도 그랬다.

따라서 사실 무혼은 본래라면 굳이 이 마을에 들릴 이유가 없었다. 무혼의 목적은 마족 척살에 있는 것이지 누베스 대륙의 마을들을 돌아보며 한가롭게 여행을 하고자 하는 것이 아니기 때문이다.

그런데도 굳이 이 마을에 방문한 것은 한 가지 궁금한 것이 있어서였다. 그것은 이곳이 마계로 병합된 지 오래 되었는데 어째서 마족이나 마물의 흔적이 전혀 없는 것인지에 대한 의문이었다.

놀랍게도 지난 며칠 동안 마물 권속들이 살펴보고 지나간 수천 개의 마을이나 도시 중 어디에도 마족이나 마물의 흔적은 찾을 수 없다고 했다.

'마족과 마물들이 설마 내가 나타날 줄 알고 미리 피하기라도 한 것인가?'

하스디아 대륙에서 마족들이 어떤 꼴을 당했는지 이곳에도 전해졌다면 마족들이 어디론가 은밀한 곳으로 숨어 버렸을 가능성도 배제하지 못한다.

무혼으로서는 그것을 확인하기 위해 마을에 들린 것이다. 마족과 마물들이 있던 마을이라면 어떤 식으로든 그 흔적이 남아 있을 것이고, 그것이 아무리 미세한 흔적이라 해도 무혼이 간파하지 못할 리 없으니까.

그런데 마을은 이로이다 대륙의 서대륙에서 보던 산간마을과 별반 차이가 없어 보였다. 마을 사람들의 표정이 좀 굳어 있긴 하지만, 그것은 그저 그것은 삶에 찌들어 있는 것 때문이지 마족 때문임은 아닌 듯했다.

'그것참, 나도 이곳이 마계인지 헷갈리는군.'

무혼은 가까이에 있는 10대 후반의 소년을 향해 다가갔다. 그는 사슴 가죽을 벗겨 무두질을 하고 있는 중이었다.

"이봐. 뭐 좀 물어봐도 될까?"

무혼은 이곳 대륙의 언어를 알지 못하지만 그의 음성에는 이미 절대 통역 마법이 자연스레 깃들어 있는 터라 소년은 무혼의 말을 어렵지 않게 알아들었다. 그는 무두질을 하던 칼을 슥슥 닦으며 무혼을 쳐다봤다.

"무슨 일이죠?"

"혹시 마족이나 마물이라고 들어봤나?"

무혼은 그 말과 함께 마족이 어떤 존재인지에 대한 개념을 소년이 이해할 수 있게 설명했다. 혹시라도 숲의 외딴 마을에 있는 소년이라 마족이 무엇인지 모를 수 있기 때문이다.

그런데 소년은 의외로 마족에 대해 아주 잘 알고 있는지 빙그레 웃으며 대답했다.

"엥? 옛날 얘기 속에 나오는 내용 아닌가요? 어렸을 때 할아버지에게 많이 듣긴 했어요. 마족이나 마물은 용자와 마왕 관련 이야기에 흔히 등장하는 녀석들이잖아요. 그런데 왜 그걸 물어보는 거죠?"

"나는 마족 사냥꾼이란다. 마족이 있는 곳이면 어디든 가지."

"마족 사냥꾼이요? 하하하, 세상에 마족이 어디에 있어요! 그건 그냥 누군가 지어낸 얘기일 뿐이죠."

소년 글룬은 황당하다는 표정을 지으며 웃었다. 낯선 여행객이 다가와 무슨 말을 하는지 한쪽 귀를 기울이고 있던 다른 사람들도 피식 웃으며 고개를 흔들었다.

"허허! 얼굴은 멀쩡하게 생겼는데 머리는 어떻게 된 모양이로군."

"마족 사냥꾼이라니. 웬 말도 안 되는 직업이야?"

무혼은 왠지 무안해졌다. 마족도 없는 세상에 잘못 온 것이 아닌가 싶을 정도였다. 마족에게 당했다면 그들에 대한 두려움이나 분노 같은 것이 존재할 텐데, 이들은 애초부터 마족을 만나 본 적도 없는 이들로 보였다.

글룬이 웃으며 말했다.

"헤헷! 당신은 그런 이상한 일에 시간을 허비할 여유가 있으면 저처럼 사슴이나 잡아 돈을 버는 게 어때요?"

"돈을 벌어?"

"물론이죠. 세상에 돈만 한 것이 어디 있나요? 모두가 돈을 벌기 위해 살고 있잖아요."

언뜻 들으면 그냥 그런가 싶은 말이었다. 이로이다 대륙이나 하스디아 대륙에서도 대부분의 사람들은 돈을 열심히 벌기 위해 고된 일을 마다하지 않기 때문이다.

그런데 무혼은 왠지 느낌이 이상했다. 당연한 말 같으면서도 당연하게 느껴지지 않는 이 기분은 무엇이란 말인가?

무혼이 멍하니 서 있는 사이 글룬을 비롯한 마을 사람들은 모두 다시 본래의 일에 열중하고 있었다. 글룬은 이제 무혼과 말을 하는 시간조차도 아깝다는 듯 고개를 들어 쳐다보지도 않았다.

슥슥슥.

열심히 무두질을 하고 있는 소년 글룬의 표정은 고단함이 가득했고, 결코 행복해 보이지 않았다. 그것은 마을 모든 사람들이 마찬가지였다.

무혼은 잠시 그들을 지켜보다가 다른 마을로 향했다. 뭔가가 이상하긴 했지만 마족들과는 관계없다면 굳이 무혼이 신경 쓸 일이 아니었다.

Chapter 4
네하른의 귀족

세상에 문제는 수없이 많다. 무혼이 비록 용자일지라도 자신이 병합한 세계에 있는 모든 문제들을 해결해 주기란 불가능한 일이었다.

용자로서 무혼이 할 수 있는 일은 대체로 굵직하고 큰 것 뿐이다. 이를테면 마왕으로부터 세계를 지켜준다든지, 혹은 사악한 피라타의 습격으로부터 세계를 보호해 준다든지 말이다.

각각의 세계에서 개인들이나 혹은 나라들끼리 분쟁을 하는 것까지 용자가 일일이 간섭할 수는 없다. 전쟁이 크게 번져 많은 자들이 죽을 상황에 처하거나 하지 않는 한, 웬만하면 각 세계의 일은 각 세계의 사람들이 알아서 해결하게 하는 것이 좋으리라.

가령 이로이다 대륙에 위치한 고바 제국의 황권이나 그 후계자 문제, 혹은 리자드맨 왕국이나 코볼트 왕국의 왕위 다툼에 용자인 무혼이 일일이 간섭하거나 그것들을 통제할 필요는 없는 것이다.

물론 무혼이 예전에 동대륙에 있는 오크 제국의 도시들을 점령하고 다닐 때도 있었지만, 당시는 무혼이 아직 용자로서의 각성을 하지 못했고, 또한 거족들과 엘프들을 노예에서 해방시키기 위해 불가피한 일을 했을 뿐이다.

지금은 무혼이 그런 일에 관여할 일이 거의 없겠지만, 설령 관여하게 된다 해도 그런 것쯤은 엘리나이젤이나 드래곤들이 가볍게 해결할 수 있는 문제들이니 무혼이 더더욱 관심을 가질 필요가 없었다.

하물며 숲의 외딴 작은 마을에 있는 주민들이 돈독에 올라 일에 파묻혀 살고 있는 것까지 무혼이 신경 쓸 이유가 있겠는가.

차원의 바다에서도 오르덴들처럼 베카 즉, 돈을 숭상하는 집단이 존재한다. 각자 무엇을 숭상하든 그것은 그들의 자유일 뿐이니 무혼이 상관할 바가 아니었다. 그 대상이 마족이나 마왕만 아니라면 말이다.

그러나 돈독에 집착하는 현상이 어느 하나의 작은 마을에만 국한되어 있는 것이 아니라 무려 수천 개의 마을 모두에서 목격된다면 어찌 될까?

돈독도 어느 정도다. 놀랍게도 무혼이 방문하는 모든 마을이나 도시에 살고 있는 이들 대부분이 오직 돈 하나에 목숨을 걸고 있었다.

네하른이라 불리는 꽤 큰 도시의 외곽으로 들어오자 지저분한 거리에서 야한 옷을 입은 여자들이 무혼을 유혹했다.

"흐응! 30라젠만 주시면 저와 함께 뜨거운 시간을 보내게 해드릴게요."

"우후훗, 저는 20라젠이면 충분해요."

무혼이 그녀들을 비껴 지나가자 이번에는 험상궂은 인상의 사내가 은밀히 다가와 말했다.

"크크크! 난 1디젠만 주면 누구든 죽여줄 수 있소."

그러다 그 사내는 무혼의 두 눈이 살벌하게 번뜩이자 움찔하며 물러갔다. 디젠과 라젠은 누베스 대륙에서 통용되는 화폐였다. 100라젠이 1디젠으로 환전된다고 했다.

사실 창녀들의 유혹이나 하급 어새신들의 접근이야 그리 특별할 건 없다. 이로이다 대륙의 어느 도시에서건 흔하디 흔한 일이니까.

그런데 이 도시에는 유독 그런 유의 사람들이 많았다. 밤도 아닌 훤한 대낮부터 마치 창녀들의 도시라 할 만큼 창녀가 많았고, 또한 음침해 보이는 인상의 부랑배들이 거리를 누볐다.

그나마 도시의 중심가로 가자 상대적으로 거리는 깨끗해졌고 창녀나 부랑배와 같은 이들은 비교적 눈에 덜 띄었다.

그러나 거리는 수많은 사람들로 매우 부산스러웠다. 시끄럽게 외쳐대는 상인들과 그들과 흥정하는 자들, 여행자들, 무사들이 득실댔다. 공통점이 있다면 그들 모두의 표정이 매우 어둡고 굳어 있다는 사실이었다.

삶에 매우 찌들고 지쳐 있는 모습이었고, 무엇보다 무혼이 그토록 싫어하는 눈빛을 하고 있었다. 자유를 빼앗기고 어쩔 수 없이 살아가는, 희망도 없이 암울한 절망 속에 빠져 하루하루 근근이 버틸 수밖에 없는 이들.

그것은 바로 노예의 눈빛이었다. 무혼이 보기에 이 도시에 있는 모든 이들은 뭔가의 노예였다. 물론 그 뭔가는 바로 돈일 테지만.

'돈의 노예가 되어 있는 이들이야 어디나 존재하긴 하지만 이곳은 왠지 그 정도가 심하군.'

그러고 보면 마물 권속들이 조사한 것은 확실히 피상적인 부분뿐이었다. 마족이나 마물이 없다는 이유로 이 도시를 매우 평화로운 곳이라 보고했기 때문이다.

그러나 무혼이 보기에는 아무래도 뭔가 꺼림칙한 느낌이 들었다. 그래서 내친김에 이 도시를 직접 살펴보기로 했다. 누베스 대륙 어딘가에 감춰진 마궁을 마물 권속들이 발견할 때까지 이 도시의 일원이 되어 볼 생각이었다.

무혼이 이곳 도시의 일원이 되는 건 매우 간단했다. 누구든 1디젠만 내면 이 도시의 일원이 될 수 있었다.

곧바로 무혼은 중심가의 대형 상점들을 쭉 살펴보며 마정석이나 에메랄드와 같이 이곳 대륙에서 특히 값어치가 많이 나가는 물건들을 아공간에서 몇 개 꺼내 처분하고 무려 20만 디젠이라는 거액을 받았다. 그중 1디젠을 관원에게 지불하자 그 즉시 신분증이 나왔다.

사실 무혼에게는 이런 신분증 따위가 없어도 도시의 누구든 그를 어찌하지 못한다. 설사 검문이 있어도 간단한 일루전 마법으로 그들을 현혹시킬 수 있기 때문이고, 혹은 굳이 그런 번거로운 일조차 할 필요 없이 인비저빌리티의 투명화 상태로 지내도 상관없었다.

그럼에도 불구하고 굳이 신분증을 만든 이유는 잠시 이곳 도시의 테두리 속으로 들어와 그들의 삶을 직접 겪어보고 싶기 때문이었다. 도시의 시민으로서 말이다.

그저 관조적으로 지켜보는 것과 직접 체험을 해 보는 것

사이에는 머리와 가슴만큼의 차이가 있다. 언뜻 그 차이는 별거 아닌 듯해도 때론 하늘과 땅만큼 거리가 벌어져 있을 때도 많다.

그런데 무혼이 20만 디젠을 손에 쥔 순간부터 어떻게 알았는지 그를 향해 접근하는 이들이 수두룩했다.

"중심가의 멋진 저택이 급매물로 나왔는데 한번 보시지 않겠습니까? 2만 2천 디젠짜리 화려한 저택이 불과 1만 9천 디젠입니다."

"호호! 저희 상회의 특별 회원으로 가입하시는 게 어때요? 우린 당신이 원하는 모든 걸 다 구해줄 수 있죠."

집을 판매하는 중개인들, 온갖 잡상인들이 모여들었다. 심지어 화려한 옷을 입은 한 사내는 이렇게 외치기도 했다.

"귀족이나 관원이 되고 싶지 않소? 귀족은 7만 디젠, 관원은 3천 디젠이면 충분하오. 크흐흐! 하지만 네하른에서 오래 머물 생각이라면 귀족이 되는 것이 좋을 것이오."

대놓고 작위나 관직을 판단 말인가? 뭐 이 또한 특별한 일은 아니다. 이로이다 대륙의 인간 세상이나 혹은 오크 세상에서도 돈만 있으면 거의 웬만한 건 다 할 수 있을 테니까.

다만 특이하게도 이곳 누베스 대륙에서는 귀족이라는 개념이 이로이다 대륙과는 판이했다. 이곳의 귀족은 왕이나

상급 귀족, 영주와 같은 이들이 내리는 작위가 아니라 각각의 거대 도시 단위로 돈 많은 이들만이 될 수 있는 일종의 특권적 계층이었다.

하나의 도시에서 귀족이라 해도 다른 도시의 귀족이 되지는 못한다. 다른 도시의 귀족이 되고 싶으면 돈을 내고 그 도시의 귀족이 되는 방식이었다. 그러니까 돈이 아주 많으면 여러 도시의 귀족이 되는 것도 얼마든지 가능한 것이다.

"어떻소? 당신은 돈이 좀 있다고 들었는데 네하른의 귀족이 되는 것이? 이미 알고 있겠지만 귀족이 되면 네하른의 시민들이 의무적으로 수행해야 되는 모든 잡역에서 면제되고, 세금도 대부분 면제되오. 그밖에도 웬만한 모든 건 다할 수 있다오."

"웬만한 모든 걸 다 할 수 있다니 그게 무슨 말이오?"

무혼이 묻자 사내가 슬쩍 인상을 찡그렸다.

"그런 걸 묻다니 당신은 다른 곳에서 귀족이 아니었나 보군. 아무튼 다른 도시도 마찬가지겠지만 이곳 네하른에서 귀족은 법의 테두리 밖에 존재한단 말이오. 이를테면 마음에 안 드는 녀석이 있으면 죽여도 상관없고, 마음에 드는 여자가 있으면 끌어다 노예로 삼아도 되는 거요. 아, 물론 그 과정에서 약간의 돈은 써야겠지만. 흐흐흐."

무혼은 흔쾌히 고개를 끄덕였다.

"좋소, 그렇다면 7만 디젠 정도는 쓰도록 하지."

순간 사내의 눈이 커지더니 그의 표정이 더없이 정중하게 변했다.

"오오! 정말이십니까? 네하른의 새로운 귀족이 되신 것을 진심으로 축하드립니다."

사내는 네하른의 귀족이 아닌 관원 중 하나였기에 무혼이 귀족이 된다면 그에게는 상전이 되는 것이나 다를 바 없으니 극도로 정중해질 수밖에 없었다.

참고로 이곳 도시에서 관원은 소수의 귀족과 다수의 시민 사이에 존재하는 중간 계층으로 도시 운영에 관한 제반 업무를 맡아 수행하는 이들이었다.

관원 또한 귀족처럼 도시의 모든 잡역이 면제되고, 시민들을 동원해 일을 시킬 수 있는 권한이 있었다. 또한 귀족이라 해도 관원들은 함부로 죽이거나 할 수는 없으니, 이 도시에서 그나마 사람처럼 살고 싶다면 귀족까지는 아니어도 관원은 되어야 했다.

결론적으로 네하른의 시민은 다른 말로 귀족의 노예라고 표현하면 딱 맞을 것이었다.

소수의 귀족들이 다수의 시민들을 공동 노예로 부리며 살아가는 곳이 바로 네하른이다. 관원들은 귀족들이 시민들을 노예로 부릴 수 있도록 성심껏 도와주는 충직한 수하들이라 표현할 수 있었다.

무혼은 네하른의 귀족이 되었다. 물론 귀족이 된 이유는 사내가 말한 대로 귀족의 특권을 누리며 흥청망청 살려는 것이 아니라, 이곳의 귀족이 대체 어떤 존재인지 직접 느껴 보기 위함이었다. 동시에 귀족이 아닌 시민으로서의 삶도 체험해 볼 생각이었다.

"적당한 집을 하나 사라, 칼틴."

"예, 로드."

그사이 무혼의 뒤를 묵묵히 따르고 있던 마물 권속 칼틴은 40대의 평범한 중년 사내의 모습으로 변신했다. 무혼은 칼틴을 네하른의 관원 신분으로 만들었다.

"저택을 산 후 네가 집사가 되어 이곳의 귀족들이 하는 것처럼 모든 걸 준비해 놓아라. 나는 며칠 후에 찾아오겠다."

"예, 로드."

무혼은 칼틴에게 10만 디젠을 건넸다. 이 정도면 중심가의 화려한 저택은 물론이요 귀족으로서의 어지간한 구색은 충분히 갖출 만한 금액이었다.

스스스.

칼틴을 두고 도시 바깥으로 나온 무혼은 인비저빌리티의

투명화 상태에서 곧바로 폴리모프 마법을 통해 20대 청년으로 변했다. 옷차림은 네하른 외곽에서 부랑배들이 입던 것과 같은 남루한 것으로 바꿨고 허리에 차고 있던 검도 아공간으로 넣어 버렸다.

거친 갈색의 머리카락에 평범한 인상을 지닌 청년으로 변한 무혼은 영락없는 길거리 부랑배의 모습이었다.

무혼은 그 상태로 도시에 다시 들어갔다. 그러자 네하른의 남문에서 경비를 서던 병사들이 무혼을 가로막았다.

"이봐 거기, 신분증을 보여줘."

"없소."

무혼이 고개를 흔들자 병사들은 수상하다는 듯 무혼의 몸을 뒤졌다. 무혼의 모든 소지품은 아공간에 넣어둔 터라 병사들은 아무것도 발견하지 못했다. 그들 중 하나가 인상을 확 찌푸렸다.

"뭐야, 이 새끼! 완전 비렁뱅이잖아."

"크큭! 어디서 굴러먹던 놈인지 모르겠지만 네하른에 들어가고 싶으면 1디젠을 내든지, 아니면 이틀간 노역을 하든지 선택해라. 둘 다 싫다면 꺼지는 게 좋을 것이다."

도시의 시민이 될 수 있는 1디젠을 벌기 위해서는 이틀간 노역을 해야 한다고 했다.

"노역을 하겠소."

무혼은 무심한 표정으로 대답했다. 그러자 병사 중 하나가 무혼을 노역 장소로 안내했다. 그곳에서 그는 건물을 증축하는 일에 투입되었다.

　그런데 무혼과 같은 노역자들이 한둘이 아니었다. 무혼처럼 외부에서 네하른의 시민이 되기 위해 찾아온 부랑자들도 있었지만, 이미 시민이면서도 생활비를 벌기 위해 노역을 자처하는 이들도 적지 않았다.

　그들 외에 강제 동원된 이들도 있었다. 네하른의 시민이 되면 7일에 한 번은 의무적으로 잡역에 참여해야 하기 때문이었다. 보통 그런 잡역들은 귀족들과 관련되어 있었다. 무혼이 투입된 장소도 귀족 중 하나의 별장을 증축하는 공사 현장이었다.

　대체 이토록 과한 의무가 부과되는 네하른에서 시민이 되려는 자가 왜 이렇게 많은 것일까? 무혼은 그 이유를 금세 알 수 있었다. 무혼과 함께 한조가 되어 돌을 나르는 짐이라는 사내 때문이었다.

　"흐흐! 힘내자고. 네하른에서 열심히 돈을 벌면 언젠가 관원이 될 수 있을지 모르잖아. 혹시 알아? 우리도 언젠가 귀족이 될 수 있을지?"

　바로 이것 때문이었던가? 사람들은 신분 상승을 하기 위해 네하른으로 몰려드는 것이었다. 네하른에는 일자리가 꽤 있으니 돈을 벌어 관원이 되고, 운이 좋으면 귀족까지 될 수 있다는 막연한 희망을 품었다.

그런데 노력에 의해서 정말로 누구나 신분 상승이 이루어진다면, 이곳이 그리 나쁜 장소만은 아닐 것이다. 열심히 돈을 벌어 귀족이 되면 될 테니까. 그런데 왜 이렇게 모두들 불행해 보이는 것일까?

그 이유에 대해 알게 된 것은 무혼이 노역 중 먹고 살기 힘들다는 사람들의 푸념을 듣고 나서였다. 도시의 물가가 결코 싸지 않아 당장 하루를 먹고 사는 것부터 문제라니.

'이런 식이라면 돈을 벌기가 극히 어렵군. 하루 벌어 하루 살라는 얘기인가?'

무일푼인 자가 노역을 통해서만 돈을 번다면 3천 디젠을 모아 관원이 되는 건 사실상 불가능한 일이었다. 버는 것이 그대로 먹고사는 것으로 소모되기 때문이다.

이들에게 미래란 없다. 그냥 하루하루를 버티며 지낼 뿐.

그래서 단순 노역이 아닌 좀 더 많은 보수를 받을 수 있는 일자리를 찾는 데 혈안이 되는 건 당연했다. 여자들이 몸을 팔거나 하는 일도 그러한 일의 일환이었다.

무혼이 알아보니 길거리에서 몸을 팔려 하는 여자들은 흔히 생각하는 창녀들만이 아니었다. 가정이 있고 남편이 있는 유부녀들도 많았는데, 그들은 돈만 주면 얼마든지 몸을 판다 했다.

남자들도 마찬가지였다. 돈을 위해서는 자신의 부인이나 딸이 무슨 짓을 해도 상관하지 않았고, 심지어 자신이 직접 몸을 파는 것도 예사였다. 돈만 된다면 말이다.

또한 거리를 부랑하는 자들은 남녀노소 할 것 없이 돈만 주면 누구든 죽여줄 수 있다고 한결같이 말했다. 그리고 실제로 그런 일이 비일비재하게 벌어지는 터였다.

모두의 눈에는 돈에 대한 탐욕이 가득 차 있었다. 그들의 희망은 오직 돈뿐이었다.

돈이 모든 것 위에 있었다.

법을 어기거나 각종 나쁜 짓을 해도 돈만 내면 아무런 처벌도 받지 않았다.

돈이 있는 자는 죄가 없고, 돈이 없는 자가 죄인이 되는 세상! 이른바 유전무죄 무전유죄라는 말 자체가 완벽하게 실현되어 있는 참혹한 세상이 이곳이었다.

그리고 더욱 참혹한 것은 그렇게 모든 것을 희생해 돈을 벌고자 해도 간신히 먹고사는 데 급급하다 보니 일반 시민이 돈을 모아 귀족이 되기란 거의 불가능한 일이라는 것이다. 귀족은커녕 관원이 되는 것도 매우 어려운 일이었다.

그래도 집안에서 누구 하나라도 관원이 되면 그 집안은 형편이 나아지는 편이라 온 가족이 희생해 가족 중 하나를 관원으로 만들기 위해 미친 듯 일했다.

그러나 그렇게 힘겹게 관원이 된 자도 귀족들에게 잘못 보이면 관원의 신분 따위를 박탈당하는 건 순식간이었다.

법적으로는 귀족이 관원을 죽일 수 없다지만 실상 귀족은 모든 것 위에 있었다. 법의 테두리 바깥에 존재하는 이들이 그들인 것이다. 귀족의 충실한 개가 되어야만 생존할 수 있는 것이 관원이었다.

그래서 관원이 되면 장차 귀족이 되려는 야심을 갖게 되지만, 관원이 귀족이 되는 것은 더욱 어려웠다. 관원이 매달 받는 보수로는 자신을 관원으로 만들었던 이들 특히 가족들을 먹여 살리는 데도 빠듯하기 때문이다.

그러다 보니 관원들은 자연스레 좀 더 많은 돈을 벌기 위해 다른 시민들을 착취하곤 했다. 이런 상황이니 시간이 가면 갈수록 도시의 시민들은 살기 어려워질 수밖에 없었다.

결국 절망에 빠진 시민들은 좀 더 살기 좋은 다른 도시를 찾아 떠나는 경우가 많았는데, 그 또한 막상 가보면 별반 다를 바 없었고 그렇게 이 도시 저 도시를 떠돌며 착취당하던 사람들이 갈 길은 하나였다.

희망도 없고 미래도 없다며 스스로 목숨을 끊는 자들이 수없이 많아 거리에서 시체를 보는 것이 흔할 정도였다. 무혼 역시 불과 사흘 사이에 무려 수십 구도 넘는 자살자의 시신을 보았으니까.

'이건 해도 해도 너무하는군.'

아무리 사회가 썩고 나라에 망조가 들었다 해도 이렇게 모든 사람들이 다 돈에 목숨을 걸고, 수많은 사람들이 스스로 목숨을 끊는다니. 이것은 결코 정상적인 상황이 아닌 것이다.

'이들이 이렇게 된 데는 마족이 관여되어 있는 게 분명해.'

이로이다 대륙 정령의 숲에서 정령들을 타락시켰던 배후에 마족들이 있었던 것처럼 이곳 누베스 대륙도 마찬가지일 것이다.

따라서 마족을 죽이는 것이 근본적인 해결책이었다.

문제는 지금도 여전히 무혼의 권속 마물들이 누베스 대륙을 샅샅이 뒤지며 마족들을 찾고 있지만 아직 하나도 발견하지 못했다는 것! 놀랍게도 마족은커녕 마물의 흔적조차 찾을 수 없었다.

과연 마족들은 없는 것일까?

혹시 이곳은 마계가 아닌 것일까?

그러나 무혼은 분명 이곳 누베스 대륙을 마족들이 통치하고 있음을 확신했다.

차원의 서에 의하면 마왕에 의해 병합된 세계마다 통치

방식이 다르다고 했다. 그 이유는 마왕의 변덕이나 장난 때문이기도 하지만, 대부분은 휘하 마족들이 각자가 가진 취미대로 마계에 종속된 자들을 괴롭힌다 했기 때문이다.

보통 하나의 세계가 마왕의 마계로 병합되면 그 세계가 마기로 가득 차게 되고 마물과 마족들이 득실거릴 것이라 생각되지만 실제로는 겉모습만 봐서는 전혀 마계 같지 않은 마계들이 적지 않다는 말이었다.

그러고 보면 하스디아 대륙의 마족들과 달리 이곳 누베스 대륙을 통치하는 마족들은 상당히 교묘하고 지능적으로 인간들을 괴롭히고 있음이 분명했다.

그러나 어디까지나 이것은 무혼의 심증일 뿐이다. 마족들이 확실히 관여되었음을 증명하는 물증을 찾아내야 했다.

가장 빠른 방법은 누베스 대륙에 존재하는 마궁을 찾아 박살 내면 된다. 적어도 그때부터는 마족들이 더 이상 농간을 부리지 못할 테니까.

'마궁을 최대한 빨리 찾아야 한다.'

무혼은 추가로 환계에서 수백여 마리의 마물 권속들을 소환해 마궁을 찾으라 지시했다. 불과 9마리의 마물 권속들에게 맡겨두기에 누베스 대륙은 너무 방대했기 때문이다.

하지만 마궁이 어디 지하 깊은 곳에 숨겨져 있다면 마물들이 아무리 누베스 대륙을 샅샅이 뒤져도 찾아내기 힘들 것이다.

그때는 무혼이 직접 뒤져야 한다. 그러려면 엄청난 시간을 소모해야 하니 문제였다.

'굳이 멀리 갈 것 없어. 이 도시에서도 분명 놈들의 흔적을 찾아낼 수 있을 것이다.'

무혼은 어렴풋이 뭔가를 느끼고 있었지만 아직 일부일 뿐 그 모든 실체를 잡지는 못했다. 그래서 시민으로서 며칠만 더 살아보고 그 후에는 귀족으로 돌아가 귀족들과 어울려 볼 생각이었다.

여러 곳에서 얻은 단서의 조각들을 하나하나 맞춰보면 결국 마족의 실체를 잡아낼 수 있을 테니까.

"이봐, 거기! 왜 아직까지 일하고 있는 건가?"

그때 누군가 크게 외쳤다. 무혼이 고개를 돌리자 관원 한 명이 무혼을 노려보고 있었다.

"오늘 일은 끝났으니 가서 일당을 받아가도록!"

"알았소."

무혼은 오늘로 3일째 잡역에 동원되어 일하는 중이었다. 이틀은 시민 등록비를 위해, 오늘은 시민이라면 응당 해야 하는 강제 노역에 동원된 것이었다.

강제 노역은 7일에 한 번씩이라 앞으로 6일 동안은 무혼이 다른 일을 하며 돈을 벌 수 있을 것이다. 물론 어디까지나 법이 그렇다는 것이고, 내일 갑자기 동원될 수도 있었다. 귀족들이 원하면 말이다.

어쨌든 공사장의 돌을 나르며 상념에 빠져 있는 사이 하루가 저물어 있었나 보다. 모두 일당을 받으러 갔는데 무혼 혼자서 돌을 나르고 있었으니까.

우르르.

무혼은 지고 있던 돌을 아래로 쏟은 후 이마에 흐르는 땀을 닦으며 일당을 주는 관원을 향해 걸어갔다.

지난 이틀 동안 일한 돈은 시민 등록비로 압류당했지만 오늘은 일당을 받을 수 있으리라. 강제 노역이지만 일당은 지급한다고 했으니.

"이름이 뭔가?"

"무혼."

그러자 관원은 무혼의 신분증을 확인했다. 네하른의 시민 무혼이라고 적혀 있었다. 그는 고개를 끄덕이고는 돈을 건넸다.

"흠, 어제부로 이곳 시민이 되었군. 일당은 50라젠이지만 세금을 떼어야 되는 건 알고 있겠지? 자, 35라젠! 여기 있다."

무혼은 돈을 손에 쥐고는 인상을 굳혔다. 강제 노역을 시키고도 세금을 떼어간다는 말인가?

그건 그렇다 치자. 사실 세금은 이 할이었다. 따라서 세금 10라젠을 빼면 무혼은 40라젠을 받아야 하는데 35라젠밖에 받지 못했다. 관원이 5라젠을 가로챈 것이다.

"돈이 부족한 것 같소."

무혼이 노려보자 관원이 어이없다는 듯 물었다.

"무슨 헛소리를 하는 게냐?"

"세금을 떼면 40라젠을 받아야 하지 않소? 왜 5라젠을 가로채는 거요?"

순간 관원의 인상이 험상궂게 변하더니 이내 그가 픽 웃었다.

"이건 관행이란다. 잔소리 말고 꺼져라."

"5라젠을 돌려주면 가겠소."

"큭! 아직 풋내기인가? 세상을 잘 모르는군. 어쨌든 처음이니까 봐주지. 앞으로 네하른에서 먹고살고 싶다면 두 번 다시 관원들 앞에서 눈 똑바로 뜨지 마라. 뭣들 하느냐? 이 건방진 놈을 바깥으로 끌어내지 않고."

그 말과 함께 관원은 옆으로 고개를 힐끗 돌렸다. 순간 건장한 체격의 병사들이 달려와 무혼을 건물 바깥으로 밀어냈다. 한 병사가 무혼을 향해 주먹을 날렸다.

"어서 꺼져랏, 이 멍청한 놈아!"

무혼은 면상을 얻어맞고 나뒹굴었다. 물론 실로 가소로운 일이었지만 일부러 저항하지 않았다. 어차피 시민이 되어 보기로 했으니 시민으로서의 무력함과 억울함 또한 느껴보는 게 마땅하리라.

'후후, 이런 기분 정말 오랜만에 느껴보는구나.'

무혼은 먼지를 털고 일어나며 씁쓸히 웃었다.

Chapter 5

빵 주는 노인

　노역장에서 나온 무혼은 네하른의 밤거리를 막연히 걷고 있었다. 딱히 갈 곳은 없었다. 이럴 땐 무엇을 해야 하는가?

　평범한 보통의 시민이라면 당장 하룻밤을 보낼 곳을 알아보고, 내일 또 돈을 벌 궁리를 하며 고된 잠을 청할 것이다.

　현재 무혼이 가진 돈은 35라젠. 물론 아공간에 있는 막대한 돈은 제외한다. 시민 무혼에게는 오늘 노역을 뛰어 번 돈만 있다고 생각해야 하니까.

　그런데 도시 도처에 집이 널려 있는 것 같아도 가장 허름한 집의 한 칸 방을 임대하려면 한 달에 2디젠은 든다 했다. 2디젠은 무혼이 6일 동안 꼬박 잡역을 뛰어야 벌 수 있는 돈이다.

다행히 하루 단위로 방을 빌려주는 곳도 있었다. 여관보다 싼 가격으로 하루 8라젠이면 묵을 수 있었다. 물론 이 돈이 아까워 길거리에서 노숙하며 돈을 모으는 이들도 적지 않았지만.

그러나 무혼처럼 혼자 있는, 특히 혈기왕성한 청년들에게는 그들의 얼마 안 되는 돈을 노리는 유혹의 손길들이 문제였다. 네하른의 밤거리는 중심가이건 변두리건 할 것 없이 유흥가가 잔뜩 형성되어 있었다.

술 1병에 1라젠!

술값은 비교적 저렴했지만 그래도 시민들에겐 부담이었다. 그래서 술집보다는 상점에서 술을 사 그냥 길거리에서 마시는 이들이 더 많았다. 흥청거리는 취객들이 거리를 누볐고, 야한 옷을 입은 여자들은 그들을 유혹했다.

"이봐요? 나 어때요? 20라젠이면 충분해요."

"호호! 난 특별히 15라젠으로 깎아줄 테니 이리와요."

어쩌면 각박한 삶을 술과 유흥으로 잊으려 하는 것일까? 그래서인지 어렵게 번 돈을 술값과 화대로 지불하며 탕진하는 이들이 적지 않았다. 네하른의 밤거리는 낮과는 비할 수 없이 진득한 타락과 향락의 현장이었다.

'다들 그냥 자포자기하고 사는 것인가?'

무혼으로서는 술에 취해 흥청대는 사람들을 이해하기 힘들었다. 만일 무혼이 이들과 같은 처지라면 쓸데없는 것에는 단 1라젠이라도 허비하지 않고 악착같이 모아 어떻게든 관원이 되고, 나아가 귀족이 되려고 했을 테니까.

그러나 모두가 무혼처럼 의지가 강하고 독할 수는 없다. 아니, 대부분의 사람들은 현실에 눌려 미래에 대한 생각이라는 것도 하지 못하는 경우가 흔하다.

고된 하루를 마치고 잠이 들었다 깨어나면 다시 또 고된 하루의 시작이고, 그런 식의 삶이 지속적으로 반복되어야 한다면 사실 누구라도 기운이 빠지고 말 것이다.

간혹 누구네 집에서, 혹은 친구나 그들의 자식 중 하나가 관원이 되었다 하는 소식이 들려오긴 하지만, 그런 소식은 오히려 패배감과 좌절감만 가져다준다. 자신의 처지가 궁박하다면 더더욱 비참하기만 할 뿐이다.

결국 술과 유흥으로 참혹한 현실을 도피해 버리는 것이다. 어쩌면 영원히 귀족과 관원의 노예에서 벗어나지 못하는 비참한 신세를 술에 취한 상태에서나마 잊으려 하는 것인지도 모르겠지만, 그런다고 현실은 달라지지 않는다.

"이봐, 자네의 행운을 시험해 보고 싶지 않나? 운이 좋으면 단번에 수십 배의 돈도 벌 수 있다고!"

"자! 복권을 팝니다. 당첨되면 1만 디젠을 받게 되는 대박 복권이요."

요행을 부추기는 도박장은 물론이요, 복권이라 불리는 요상한 것도 있었다. 복권은 한 달에 한 번씩 추첨을 하는데 당첨되면 최고 1만 디젠도 받을 수 있다는 것이었다.

그렇다 보니 누군가 복권에 당첨이 되어 곧장 시민에서 관원이 되었다는 소문은 항상 화젯거리였다.

사실 1만 디젠 정도는 당첨이 되도 귀족이 되기에 턱없이 부족한 액수지만, 관원은 가능하다. 3천 디젠이면 관원이 되니까.

관원 정도만 되어도 보통의 사람들에겐 엄청난 부러움의 대상이라 할 수 있기 때문에 한 장에 1라젠씩 하는 복권을 몇십 장씩 구입하는 이들도 수두룩했다. 물론 당첨 가능성은 희박하지만 그것 외에는 희망이 없기 때문이리라.

술과 유흥, 그리고 복권이나 도박!

그것이 네하른의 시민들을 지배했다. 죽도록 일해서 번 돈의 대부분은 먹고사는 것으로 들어가고, 그나마 약간 남은 돈마저 술과 유흥 혹은 도박으로 써 버리니 평생을 일해도 항상 그 자리일 수밖에.

그러니 사람들의 표정이 굳어 있었던 것이다. 술에 취해 있을 때와는 달리, 보통 때는 고된 현실의 무게를 이기지 못해 절망적인 표정을 취할 수밖에 없는 것이 어찌 보면 당연했다.

그런데 무혼을 어이없게 만드는 사실은 네하른의 모든 술집과 도박장, 그리고 복권 사업장은 귀족들의 소유라는 것이었다. 그리고 관원들은 그것들을 관리해 주며 보수를 받았다.

결과적으로 귀족들이 잡역을 통해 시민들을 실컷 부려 먹으며 던져 준 푼돈조차도 귀족들은 갖가지 방법을 통해 모조리 회수하고 있는 것이나 마찬가지다.

무혼이 볼 때 네하른의 귀족들은 그야말로 교묘하기 그지없는 방법으로 시민들을 착취했다. 이런 식이라면 한 번 귀족은 영원한 귀족이며, 시민들은 영원히 그들의 노예일 수밖에 없으리라.

저벅저벅.

딱딱하게 굳은 표정으로 밤거리를 걷는 무혼의 눈빛이 섬뜩하도록 차갑게 빛났다. 그는 당장이라도 네하른의 귀족들을 없애 버리고 싶은 심정이었다.

사람들이 강하고 독하지 못해 유흥에 빠지며 자포자기의 삶을 사는 것도 당연히 문제가 있지만, 그보다 몇 배 아니, 몇백 배 이상 문제가 있는 것이 바로 귀족들의 탐욕적인 지배 방식이었다.

대체 누가 이 끔찍한 지배 구조를 만들었을까? 귀족과 관원, 그리고 시민이 살아가는 이 요상한 지배 구조를 말이다.

'당연히 마족이겠지.'

직접적으로 괴롭히는 것도 끔찍하지만 이렇게 간접적으로 배후에서 인간들을 괴롭히는 것도 진정 끔찍한 일이었다.

어쨌든 지금 무혼이 화가 난다고 네하른의 귀족들에게 분풀이를 하는 건 성급한 일이었다. 이 말도 안 되는 착취 구조를 손보려면 이 모든 악의 근원인 마족을 제거하는 일이 우선이니까.

*   *   *

도시 네하른 중심가에 위치한 거대한 원형 건물.

무려 10층으로 설계된 이 거대한 건물은 네하른의 상귀족이라 불리는 다벨루스의 소유였다.

40대 중반의 훤칠한 키를 가진 사내. 그는 이 원형 건물의 최상층에 위치한 자신의 집무실에서 네하른의 야경을 내려다보고 있었다.

그가 바로 네하른 최고의 거부인 다벨루스였다. 그의 뒤로 커다란 원탁이 놓여 있었고, 원탁 앞에는 수십여 명의 인물들이 앉아 있었다.

그들은 모두 네하른의 귀족들이었고, 그 귀족들의 수장이 바로 상귀족 다벨루스였다. 오늘은 한 달에 한 번 있는 귀족 회의의 날이었는데, 그들의 관심은 새로 네하른의 귀족이 되었다는 무혼이라는 인물에 집중되어 있었다.

창밖을 내려다보던 다벨루스가 뒤를 돌아 원탁에 앉아 있는 귀족들을 쳐다보며 말했다.

"네하른에 새로운 귀족이 탄생했다 들었다. 그런데 그의 모습이 오늘 회의에 보이지 않는군."

그러자 한 여성 귀족이 대답했다.

"소식을 전했지만 그는 부재한 상태라는군요."

"부재한 상태라? 어디 다른 도시로 갔다는 말인가?"

"어디로 갔는지는 아직 알아내지 못했어요."

그 말에 다벨루스는 인상을 찌푸렸다. 네하른의 치안을 담당하고 있는 그녀가 고작 한 사람의 행방을 놓치다니 그것은 매우 특이한 일이었다.

"그의 출신에 대해서는 알아봤나?"

"출신 불명의 인물이에요. 다른 도시의 시민이었거나 혹은 숲에서 살던 유랑민이 우연히 보물을 주워 거액의 돈을 벌었다고 추정하고 있을 뿐이죠."

"유랑민이었다?"

다벨루스의 미간이 좁혀졌다. 누베스 대륙에서 시민이 갑자기 귀족이 되는 경우란 거의 없다. 7만 디젠이라는 거액이 하늘에서 떨어질 리 없지 않겠는가. 애초부터 부유한 귀족들이 유희를 즐기듯 도시를 돌며 귀족 노릇을 하는 경우가 대부분이었다.

그런데 무혼이라는 자는 그 어느 도시에서도 귀족으로 등록된 적이 없는 출신 불명의 인물이었다. 그런 그가 어디서 갑자기 마정석과 같은 귀한 보석을 주웠는지 모르지만, 어쨌든 무려 20만 디젠이라는 거액을 손에 쥔 채 단번에 귀족이 되었다는 것은 다른 귀족들의 관심사가 아닐 수 없었다.

다벨루스가 팔짱을 끼며 말했다.

"최대한 빨리 놈의 정체를 밝혀내라. 왠지 수상한 냄새가 풍기는군."

"그렇지 않아도 그는 감시 대상이죠. 하루 더 기다려보고 그래도 그자가 나타나지 않으면 그의 집사를 잡아다 물어보겠어요."

*   *   *

"호호호! 그냥 가지 말고 이리 들어와요."

"아이~! 잠깐만 이리 와 봐요. 싸게 해드린다니까요."

"됐소."

무혼은 끈덕지게 따라붙는 창녀들의 손길을 뿌리치며 계속 걸었다. 그러자 창녀들은 무혼에게 고자가 어쩌고, 비렁뱅이가 어쩌고 하며 마구 욕했다.

그래도 무혼은 결코 그녀들에게 화를 내고 싶지는 않았다. 저들 모두는 마족들이 만들어 놓은 사악한 지배 구조 아래 희생된 이들이 아닌가.

하룻밤 화대를 벌지 못해 급기야 무혼에게 욕지거리를 해대는 저들의 안타까운 심정을 이해하지 못하는 한 무혼의 이 밑바닥 인생 체험은 무의미한 것이다.

그러나 무혼이 스스로 아무리 네하른의 시민이라 생각하며 이곳 네하른의 밑바닥 인생들의 삶을 체험해 보려 한다지만, 어쩔 수 없이 한계는 있었다. 무혼은 언제든 자신이 원하면 그것에서 벗어날 수 있어도, 이곳에 있는 보통의 사람들에겐 그것이 불가능하다는 것!

다시 말해 무혼이 정말로 이곳의 밑바닥 인생들과 같은 극한의 절망감을 느끼기란 불가능한 일인 것이다.

하지만 사실 중요한 건 그것이 아니다. 어차피 무혼의 목적은 밑바닥 인생을 완벽하게 체험하는 것이 아니라 마족들의 꼬리를 잡는 것이니까.

그래도 최선을 다해 체험해 보며 밑바닥을 구르는 가련한 인생들의 삶을 두 눈 뜨고 지켜보는 중이었다.

"크흐흐! 제발 돈을 줘! 돈을! 내 영혼이라도 팔겠다!"

"깔깔깔깔! 나도! 돈만 주면 난 무슨 짓이든 하겠어!"

끊임없이 눌리고 깨진 그들의 눈에는 독기만이 가득했고, 그러다 보니 누군가 병들어 죽어가든지, 굶어 죽든지 상관하지 않았다.

하긴 자기도 살기 힘든데 남이 죽든 말든 무슨 상관을 하겠는가. 심지어 혼자 살겠다고 가족을 버리는 이들도 수두룩하다 했다. 무혼은 문득 한숨이 나왔다.

'마족들이 모두 사라진다 해도 문제군. 저들이 인간다운 심성을 회복할 수 있을까?'

오래도록 고착된 사악한 지배 방식에 길들여진 탓에 오로지 절망과 독기로 물든 사람들만 가득 찬 도시 네하른. 마족이 사라진다 해도 이 도시의 절망과 독기는 사라지지 않을 것이다.

달의 엘프들을 데려다 그들의 신비한 연주를 들려준다면 저들의 심성이 회복될 수 있을까? 아니면 베니뉴스의 하프 연주라도?

그러나 그러한 것은 아까도 생각했지만 차후의 문제다.

무혼이 신경 쓸 것은 오직 마족을 죽이는 것이니까.

이제 시민들의 삶은 대략 살펴봤으니 그들을 지배하고 있는 귀족이 되어 볼 차례다.

스스스.

무혼의 몸이 흐릿해지더니 투명화 상태로 변했다. 동시에 그의 모습은 투박한 부랑배 청년이 아닌 본래의 모습으로 돌아왔다.

용자 무혼의 모습이지만, 이 도시 네하른에서는 귀족 무혼의 신분. 곧바로 칼틴이 구입해 놓았다는 저택을 향해 걸음을 옮기던 무혼은 돌연 우뚝 멈춰 섰다. 으슥한 골목에서 벌어지는 뜻밖의 광경을 목격했기 때문이었다.

콜록! 콜록……!

골목의 벽에 기대 힘없이 기침을 하고 있는 두 명의 소년들. 둘 다 10대 초반의 어린 소년들이었는데 병색이 완연해 보였다.

물론 이곳 네하른의 거리에서 저런 광경을 보는 것은 특이한 일이 아니다. 버려진 아이들, 버려진 노인들이 길거리의 돌처럼 굴러다니는 곳이 바로 네하른이니까.

며칠 동안 무혼은 그렇게 굶주리다 못해 병이 들어 죽어가는 이들을 향해 동정을 베푸는 이를 한 명도 보지 못했다. 술을 마시며 흥청거릴지언정 굶주린 자들에게 빵 한 조각 건네는 이가 없었다.

그런데 지금 두 소년 앞에 한 남루한 차림의 금발 노인이 나타나더니 낡은 가방에서 빵을 꺼내 건네주고 있는 것이었다.

"허허! 어서 먹거라. 먹어야지 병이 낫는다. 그리고 힘들수록 인상을 찡그리지 말고 웃어 봐. 그러면 희망이 생길 거야. 이렇게, 하하하!"

"……"

노인이 입을 쩍 벌리고 크게 웃자 소년들은 잠시 어이없다는 표정으로 금발 노인을 쳐다봤다. 그러다 그가 내민 빵을 빼앗듯이 낚아채고는 허겁지겁 입에 집어넣기 시작했다.

우걱우걱! 쩝쩝!

소년들은 자신들에게 빵을 건넨 금발 노인에게 고맙다는 말을 하기는커녕 오히려 싸늘한 조소를 보내며 먹는 데만 바빴다. 심지어 다 먹고 나서도 고맙다는 말은 하지 않고 혹시 빵이 더 없냐는 듯 금발 노인을 노려보는 것이 아닌가.

금발 노인은 빙긋 웃으며 고개를 흔들었다.

"더는 없단다. 너희들에게 준 것이 다야."

그러자 두 소년의 인상이 확 구겨지더니 침을 퉤 하고 뱉고는 다른 곳으로 가버렸다. 그들은 끝까지 금발 노인에게 고맙다는 말 한 마디 하지 않았다.

금발 노인은 잠시 시무룩한 표정을 지었지만 이내 다시 밝은 표정을 지으며 어디론가 걸어갔다. 무혼은 은밀히 그 노인을 따라갔다.

무혼이 금발 노인의 뒤를 따라가는 이유는 노인이 단순히 빵을 남에게 나눠주는 선행을 베푼 것 때문이 아니었다. 노인으로부터 아주 특이한 기운이 느껴졌기 때문이었다.

또한 사실 노인이 아이들에게 나눠준 빵은 보통의 빵이 아니었다. 그것을 먹은 아이들은 전혀 모르고 있지만, 무혼은 그 빵에 뛰어난 포션과 같은 효능이 들어 있음을 눈치챘다. 그렇지 않았다면 병색이 짙어 다 죽어가던 아이들이 빵 한 조각 먹고 그토록 기운을 차리진 못했으리라.

노인은 무혼이 뒤따르는 것을 모르는지 한동안 계속 거리를 걸어 다녔다. 그의 낡은 가방에서는 계속 빵이 나왔다. 하나뿐이라던 그 말은 사실이 아니었나 보다.

아이들은 한결같이 노인에게 고맙다는 말을 하지 않았다. 그저 어떤 바보 같은 노인이 멍청한 짓을 한다고 생각하며, 허겁지겁 빵을 빼앗듯 먹은 후 다른 곳으로 가버렸던 것이다.

심지어 어떤 아이들은 노인의 가방을 노리고 달려들기도

했는데, 그때마다 노인은 바람처럼 그들의 손길을 피해 달아나 버렸다. 그것은 평범한 인간이라면 가질 수 없는 능력이었다.

노인은 한동안 밤거리를 돌아다니며 아이들에게 빵을 나누어 주다가 새벽이 밝아오자 어디론가 황급히 이동했다. 그곳은 네하른 빈민가의 뒤쪽에 위치한 작은 숲이었는데, 노인은 그 숲 앞에 이르자 흔적도 없이 사라졌다.

'결계가 펼쳐져 있군.'

그야말로 아주 은밀하면서도 교묘하게 펼쳐진 결계로, 어지간한 실력의 마법사라 해도 이 숲에 결계가 펼쳐져 있다는 사실을 짐작도 못할 정도였다. 그러나 이미 마법에 있어서 그랜드 마스터의 경지도 초월한 무혼의 눈을 속이기란 불가능했다.

스스.

무혼은 그림자처럼 은밀하게 결계 안으로 스며들었다.

결계를 통과하자 하나의 공간이 나타났다. 그 공간은 지하 깊숙한 곳으로 이어져 있었는데, 그 공간의 끝에는 자그만 건물이 하나 있었다.

방 하나만 달랑 있는 이 건물이 노인의 집인 듯했다. 방의 중앙엔 식탁과 의자, 벽 쪽엔 작은 침대 하나, 다른 쪽에는 작은 책상이 보였고, 그 옆으로 수백여 권의 책들이 꽂인 서가가 하나 보였다. 노인은 그 책 중 하나를 빼 들고는 책상에 앉았다.

"허! 벌써 일기만 수백 권이 넘는구나."

서가의 책들이 모두 일기였다는 말인가. 노인은 잠시 한숨을 내쉬다 펜을 들어 공백을 메워가기 시작했다.

슥슥.

일기를 작성하는 노인의 표정은 매우 진지했다. 마치 이 일기를 쓰는 일이 생의 마지막 작업이기라도 하듯 온 정신을 집중해 글자 하나하나에 정성을 들였다. 그러다 보니 무혼이 들어와 방의 중앙에 있는 식탁에 앉아 있는 것도 모르고 있었다.

탁.

"후우!"

잠시 후 일기 쓰기를 마친 노인은 일기장을 닫아 서가에 꽂으며 한숨을 내쉬었다.

"내 수명도 얼마 남지 않았거늘, 이렇게 일기를 쓰는 것이 무슨 의미가 있는지 모르겠군."

그러다 문득 고개를 돌려 식탁 쪽을 바라본 노인의 안색이 경악으로 물들었다.

"누, 누군가? 대체 어떻게 이곳을?"

노인은 너무도 놀랐는지 어찌할 줄을 몰랐다. 그가 알기로 누베스 대륙에서 결계를 뚫고 이곳에 들어올 만한 능력을 지닌 자들은 한 부류밖에 없었다. 언제고 이런 일이 있을 줄은 알았지만 이렇게 뜻밖에 그 날이 도래할 줄이야.

"큭! 어떻게 여길 찾았는지 모르겠지만 순순히 당하지는 않을 것이다."

노인은 무혼을 싸늘히 노려보며 책상 위에 놓인 펜을 집어 들었다.

츠츳! 츠으읏!

펜촉에서 오렌지 빛 광채가 일었다. 그것은 오러 블레이드였다. 그것의 길이는 롱 소드 정도로 늘어나 있었다. 무혼은 씩 웃었다.

"펜촉으로 검강을 일으키다니, 제법 검법에 조예가 있군. 하지만 난 지금 당신과 싸우러 온 것이 아니니 안심하시오. 그보다 당신은 드래곤 같은데, 그렇지 않소?"

무혼이 미소를 지었을 뿐인데 노인이 생성시킨 검강이 흔적도 없이 소멸되어 버렸다. 노인의 표정에 다시 경악이 어렸고, 그는 뚫어져라 무혼을 노려봤다.

"대체 너는 누구냐? 인간인가? 인간이 어떻게 너와 같은 능력을?"

"궁금한 것이 많은 건 이해하오만 당신보다 내가 먼저 묻지 않았소?"

그러자 노인은 잠시 침묵했다가 입을 열었다.

"큿. 하긴 더 이상 숨겨 봤자 의미가 없겠지. 이 결계를 뚫고 이곳까지 은밀히 들어올 능력을 가진 자라면 내가 어찌할 수 없는 상대일 테니 말이야. 그쪽의 짐작대로 나는 드래곤이다. 누베스 대륙의 드래곤 로드인 레자르가 바로 나이지."

무혼의 눈이 커졌다. 설마 했지만 이 마계로 변한 세상에 드래곤 로드가 생존해 있을 줄이야.

"놀랍군. 그렇다면 얼마나 오랜 기간을 이곳에 있었던 것이오?"

"이봐? 나 역시 질문을 하지 않았나? 대체 그대는 누군가? 누베스 대륙에 그대와 같은 능력을 지닌 인간은 없는 것으로 알고 있네만."

"난 물론 누베스 대륙의 인간이 아니오. 출신을 밝히자면 이로이다 대륙에서 왔다고 할 수 있소. 이름은 무혼이라하오."

"이로이다 대륙? 그곳이 어디인가?"

레자르는 고개를 갸웃했다. 이로이다 대륙과 누베스 대륙은 둘 다 노지즈 해역에 속해 있는 세계들이지만, 차원의 바다에 한 번도 나가보지 않은 레자르로서는 이로이다 대륙의 존재에 대해 알지 못했다.

"이로이다 대륙은 이곳 누베스 대륙과 제법 가까운 곳에 위치한 대륙이오. 자세한 건 천천히 알게 될 것이오. 그보다 레자르, 당신은 얼마나 오랜 기간을 마족들을 피해 살아왔던 것이오?"

그 말에 레자르의 안색이 다시 경악으로 물들었다.

"마족이라? 그럼 그대도 이곳 누베스 대륙에 마족들이 있음을 알고 있는 건가?"

"물론이오. 나는 마족들을 잡기 위해서 왔소. 엄밀히 말하면 마왕 유레아즈를 잡을 생각이오만, 놈이 워낙 은밀한 곳에 숨어 있어서 일단 놈의 부하들을 하나씩 죽이고 있는 중이오."

"뭣이! 지금 마왕 유레아즈를 잡는다고 했나?"

그 무슨 말도 안 되는 허풍을 떠느냐는 듯 레자르는 두 눈을 휘둥그레 떴다. 무혼은 씩 웃으며 고개를 끄덕였다.

"놈은 머지않아 내 손에 죽게 될 거요."

그 말에 레자르는 인상을 찌푸리며 무혼을 노려봤다.

"말도 안 되는 소리! 그대는 지금 나를 놀리고 있군. 마왕을 무슨 수로 그대가 죽인다는 건가?"

"여기서 굳이 그걸 설명하고 싶은 생각은 없소. 어쨌든 그건 나중 일이고 일단은 이곳 누베스 대륙의 마족들을 죽이는 것이 우선이 아니겠소? 레자르! 당신이라면 마족이 어디 숨어 있는지 알고 있겠군. 나는 도무지 놈들이 어디에 꼭꼭 숨어 있는지 그 꼬리를 잡기가 여간 어렵지 않아 골치가 아픈 상황이었소"

순간 레자르는 무혼을 노려봤다.

"도대체 그대의 정체는 무엇인가?"

Chapter 6
귀족들의 보물 파티

누베스 대륙은 이로이다 대륙의 시간으로 대략 3천여 년 전 마계로 병합당했다. 그러나 특이하게도 누베스 대륙에 있던 인간들은 그 사실을 전혀 알지 못했다.

그 이유는 마족들이 아주 은밀히 세상을 장악해 버렸기 때문이었다. 당시 마족들이 누베스 대륙에 상륙했을 때 그들의 존재를 가장 먼저 눈치챈 이들은 드래곤들이었다.

레자르는 드래곤들과 절친한 이종족들에게 그 사실을 알린 후 함께 마족들을 공격했지만, 오히려 전멸당하고 말았다. 그러나 그것은 인간들의 발길이 닿지 않는 은밀한 곳에서 이루어진 터라 인간들은 몰랐다.

그런데 왜 드래곤들은 인간들에게 그 사실을 알리지 않고 다른 이종족들에게만 협조를 구했을까?

그것은 당시 누베스 대륙에서 인간들의 오만이 극에 달해 있었기 때문이었다. 인간들은 마법과 검술에 매우 능했고, 그중에는 어지간한 드래곤들도 우습게 볼 만큼 강한 인간들도 제법 많았다.

그렇다 보니 인간들은 자신들의 강한 힘을 바탕으로 이종족들을 수시로 핍박했다. 엘프도 머메이드도 모두 인간들을 피해 숨어 버렸다.

인간과 이종족들의 교류는 끊어진 지 오래였고, 드래곤들도 인간들의 일이라면 치를 떨고 상관하지 않았다.

만일 당시 드래곤들과 이종족들이 인간들과 힘을 합쳤다면 마족들에게 그토록 어이없이 패배하지 않았을지도 모른다. 그러나 인간들에 대한 불신이 극에 달한 그들은 인간을 배제하고 마족들과 싸웠고 무참히 패배하고 말았다.

그렇게 인간을 제외한 모든 이종족을 몰살시킨 마족들은 특이하게 더 이상 살육을 벌이지 않았다. 인간들의 능력이 꽤 강력하다 해도 마족들이 작정했다면 상당한 피해를 감수하고서라도 결국 인간들을 전멸시켰을 터였다.

아니면 마왕 유레아즈가 직접 강림을 해서라도 인간들을 전멸시키지 않았겠는가.

그런데도 마족들이 인간을 향해 그들의 분노를 드러내지 않은 이유는 무엇일까?

이유는 확실히 모른다. 드래곤 로드 레자르는 그저 마족들이 자신들의 유희를 위해 인간들을 남겨두었다고 추측하고 있었다. 인간들마저 모두 죽여 버리면 마족들이 누베스 대륙에서 즐길 거리가 사라져 버릴 것이니 일부러 인간들을 놔둔 것이다.

그런데 그러한 상황에서 레자르는 어떻게 살아난 것일까? 그는 물론 죽었다. 다만 특이하게도 그에게는 생명이 두 개 존재했다. 이로이다 대륙의 드래곤 로드인 푸르카처럼 말이다.

그 덕분에 레자르는 드래곤들과 모든 이종족들이 멸망한 상황에서도 살아남을 수 있었다. 그는 마족들에게 자신의 존재를 간파당하지 않기 위해 자신의 마나 하트를 스스로 파괴했다.

그렇게 하지 않으면 드래곤 하트로부터 발산되는 마나의 파장을 발견하고 마족들이 그의 은신처로 들이닥치는 것은 순식간일 테니까.

물론 그의 생명이 보전될 수 있을 만큼 아주 미량의 마나 하트는 남겨둔 터였지만 그 충격으로 그는 무려 1천 년이나 되는 긴 수면을 취해야 했다.

그렇게 1천 년의 긴 세월이 흐르고 잠에서 깨어난 레자르는 조심스레 대륙의 동정을 살폈다.

그사이 이미 인간들도 모두 멸망한 것은 아닐까 우려했지만 놀랍게도 1천 년 전에 비해 누베스 대륙의 인구는 더욱 늘어났다. 또한 이전에 없던 거대한 도시들이 생겨나 하나의 도시에서 무려 수십만 명이 넘는 이들이 모여 살고 있기도 했다.

하지만 언뜻 풍요로워 보이는 외양과 달리 대부분의 인간들 아니, 거의 모든 인간들이 돈의 노예가 되어 비참하게 살고 있었다.

그건 도저히 믿을 수 없는 일이었다.

1천 년 전의 인간들은 비록 오만하긴 했지만 돈보다는 강해지는 데 관심이 많았다. 청년들은 검술과 마법을 수련하는 데 밤을 지새웠다. 당연히 뛰어난 검사나 마법사가 영웅이 되었고, 그들 중에 귀족이 나오고, 또 왕이 나오기도 했다.

그러나 지금은 돈 많은 자가 귀족이 되어 돈 없는 자들을 지배하고 있었다. 뛰어난 검사나 마법사는 눈을 씻어도 찾아볼 수 없었다. 모두들 돈의 노예가 되었고 그들의 머릿속에는 오직 탐욕만이 가득 차 있었다.

비로소 레자르는 마족들이 은밀한 배후 공작을 통해 인

간들의 사고방식을 완전히 바꿔버린 것을 알 수 있었다. 그로 인해 모두가 오직 돈만을 위해 살아가는 기괴한 세상이 되어 버린 것이다.

1천 년의 세월 동안 마족들은 피 하나 흘리지 않고 인간들을 점령했다. 그렇게 누베스 대륙은 마족들의 세계 즉, 마계가 되었지만 인간들은 그 사실을 전혀 눈치채지 못했다.

모두들 그저 하루를 버티고 살기 위해 바둥거리고 있었고, 그 와중에 운 좋게 귀족이 되거나 귀족으로 태어난 이들은 자신들의 탐욕을 위해 다른 인간들을 더욱 착취하기에만 바빴다.

레자르는 인간들의 그러한 모습들에 안타까워했지만 멀리서 지켜볼 수밖에 없었다. 그가 가진 능력은 마나 하트가 건재했을 때에 비할 수 없이 약했고, 설사 마나 하트가 복원된다 해도 마족들과 상대해 이기기란 불가능했기 때문이었다.

이렇게 대략적으로 누베스 대륙이 어떤 식으로 흘러왔는지에 대해 설명을 들은 무혼은 무겁게 고개를 끄덕이며 물었다.

"그래서 지금껏 그것을 지켜보고만 있었던 것이오?"

"허허! 어찌 지켜보고만 있었겠습니까? 드래곤과 이종

족이 사라진 이 대륙에 희망은 인간뿐. 그들이 스스로 마족들과 대항해 싸울 힘을 갖도록 은밀히 힘을 키워 보려 갖은 수단을 다했지만 모두 허사였지요."

레자르는 어른들이 아닌 어린 아이들을 주목했다. 그리고 그들 중 뛰어난 자질을 지닌 아이들을 데려다 마법과 검술을 가르쳤다.

물론 레자르는 아이들에게 자신이 드래곤이라는 말은 절대 하지 않았다. 그는 자신이 가르치는 아이들에게 각각 다른 모습으로 나타났기에 그 누구도 레자르의 정체를 알지 못했다.

아이들이 청년이 되고 장년이 되어 강력한 검술과 마법을 지니게 되자 레자르가 그들에게 심어준 것은 야망이었다. 레자르는 검술과 마법에 능한 자신의 제자들이 누베스 대륙을 지배하게 되면, 인간들이 다시 예전의 모습으로 돌아가리라 생각했기 때문이었다.

그러나 그의 바람은 이루어지지 않았다. 레자르의 제자들은 제대로 힘도 발휘하지 못하고 모조리 죽임을 당했다. 마족들은 마치 그림자들처럼 누베스 대륙 모든 곳에 존재하고 있어 자신들의 뜻에 반하는 인간들을 찾아내 제거해 버렸다.

레자르는 실망하지 않고 지속적으로 새로운 아이들을 데

려다 마법과 검술을 가르쳤지만 다시 실패했다. 모든 희망이 절망으로 변할 때서야 비로소 레자르는 자신이 마족들의 유희거리에 지나지 않음을 깨달았다.

"놈들은 나의 존재를 이미 알고 있었습니다. 일부러 나를 살려둔 채 나의 발악을 지켜보며 흥미롭게 지켜보고 있었던 것이지요."

그 사실을 깨달은 이후로 레자르는 오늘처럼 배고파 죽어가는 아이들에게 빵이나 나누어 주며 쥐죽은 듯 숨어 살 수밖에 없었다.

그리고 언제고 자신을 죽이기 위해 마족들이 찾아올 것을 두려워했다. 그렇게 두려워하는 자신의 모습을 마족들이 멀리서 지켜보며 키득거리고 있음을 알게 되자 더더욱 그 공포심은 극에 달했다. 그가 매일매일의 일기를 작성하는 것은 그러한 공포심을 견디기 위해 강구한 마지막 수단이었다.

매일 일기 쓰기를 마칠 때마다 이것이 마지막 일기가 될지도 모른다는 생각을 하며 그 일기에 자신의 모든 것을 쏟아 부었다.

그가 일기로 작성하는 내용은 하루의 단조로운 일상이 아닌 고대의 마법과 검술 등을 비롯하여 그가 알고 있는 모든 지식들이었다. 그중에는 마족들이 누베스 대륙에 행한 모든 사악한 음모들이 낱낱이 적혀 있는 것도 있었다.

"허허! 나의 삶이 얼마 남지 않은 터라 쓸데없는 짓인지는 알고 있지만 그래도 이것 외에는 희망이 없었지요. 막연한 희망이긴 해도 먼 훗날 인간 중 누군가 나의 일기를 읽고 각성을 하여 마족들을 몰아냈으면 하는 바람이었달까요?"

레자르는 허탈한 웃음을 흘리며 무혼은 쳐다봤다. 그는 이내 정색을 하며 말을 이었다.

"그런데 이로이다 대륙의 용자라 불리는 당신이 이곳에 올 줄은 정말 상상도 하지 못했습니다."

무혼은 아까 정체가 뭐냐는 레자르의 질문에 자신이 용자라고 대답을 했다. 놀랍게도 레자르는 용자가 무엇인지 알고 있었다. 누베스 대륙에도 용자의 전설은 존재하고 있었기 때문이다.

물론 레자르는 본래 용자의 존재를 믿지 않았다. 전설이 사실이라면 용자가 진작 나타나 마족들을 몰아냈어야 정상이기 때문이다.

그러니 무려 3천 년이 넘도록 나타나지 않은 용자의 존재를 믿는다는 것은 실로 허황된 일이었다. 따라서 무혼이 처음에 자신을 용자라고 밝히자 어이가 없어 헛웃음이 나왔다.

그런 레자르가 무혼이 용자임을 알게 된 것은 한 가지 기적 같은 현상을 몸소 체험한 후였다. 오래전 그 스스로 파괴해 버린 그의 마나 하트가 무혼에 의해 완벽하게 복원되어 버릴 줄이야.

마나 하트가 부서지고도 무려 3천 년을 살아왔던 레자르의 수명은 거의 남아 있지 않았다. 만일 마나 하트가 건재했다면 앞으로도 몇천 년은 족히 더 살 수 있겠지만, 파괴된 마나 하트는 그의 수명을 대폭 단축시켰다.

그래서 죽을 날만 기다리고 있던 레자르는 자신의 마나 하트가 재생되어 버리자 그 놀라움을 이루 말할 수가 없었다.

다만 한 가지 특이한 것이 있다면 복원된 마나 하트를 이루는 기운이 본래와 달리 암흑 마나라는 것이다. 그 덕분에 본래보다 훨씬 힘이 강력해진 레자르는 혹시 무혼이 바로 마왕 유레아즈가 아니었을까 하는 의심을 품기도 했다.

그러나 무혼이 마왕이라면 왜 이런 번거로운 짓을 하겠는가. 비록 그 힘의 근원이 암흑 마나라는 것을 이해하기는 어려웠지만, 무혼으로부터 받은 느낌은 전혀 사악하지 않았다.

곧바로 레자르는 공손히 허리를 숙이며 말했다.

"용자시여! 누베스 대륙의 드래곤 로드 레자르, 이후로 당신을 마스터라 부르겠습니다."

무혼은 고개를 끄덕였다.

"레자르, 내가 그대를 도운 이유는 누베스 대륙의 실정을 그대처럼 잘 아는 이가 없기 때문이오. 마족들은 모두 죽여줄 수 있지만, 타락해 버린 인간들의 심성을 회복시키는 건 나로서도 쉽지 않은 일이오. 이후로 그대가 누베스 대륙을 맡아 다스려 주시오. 인간뿐 아니라 다른 이종족들도 이주해 와 살 수 있는 평화로운 곳으로 만들어 주길 기대하겠소."

레자르의 표정이 감동으로 물들었다. 그는 무혼이 단순히 마족을 죽이는 것만이 아닌 인간들의 심성 회복까지 염두에 두고 있을 줄은 몰랐다.

그런데 그것이야말로 레자르가 그토록 바라마지 않던 것이 아닌가. 레자르의 두 눈가가 촉촉해졌다.

"중임을 맡겨주시니 미력하나마 최선을 다해 보겠습니다만 저 혼자서 하기엔 쉽지 않은 일입니다."

"그대를 도와줄 자들이 있으니 염려할 것 없소."

무혼은 빙그레 웃으며 트레네 숲에 대해 간략하게 설명해 주었다. 그곳에 고귀한 지혜를 지닌 현자부터 시작해서 최상급 정령 엘리나이젤, 그리고 드래곤들과 엘프들이 적지 않게 있다는 말을 들은 레자르의 안색이 밝아졌다.

"오! 그들이 도와준다면 누베스 대륙은 머지않아 평화롭고 살기 좋은 곳이 될 것입니다."

"그 문제는 걱정하지 마시오. 그보다 그대는 마족들이 어디에 있는지 알고 있소?"

"그들의 위치는 저도 알지 못합니다. 다만 그들을 바깥으로 불러내는 방법은 의외로 간단합니다. 아무 도시나 무력으로 장악하게 되면 그들이 나설 것입니다."

무혼은 고개를 흔들었다.

"그 방법은 최후의 수단일 뿐이오. 자칫 나의 존재를 눈치챈 놈들이 숨어 버리면 다크 포탈을 만들어 놓은 마궁의 위치를 찾기가 더욱 어려워질 수 있소."

그러자 레자르가 문득 떠오르는 것이 있는지 눈에 이채를 발했다.

"그러고 보니 그곳에 갈 수 있는 방법이 한 가지 있습니다."

"그게 무엇이오?"

"상귀족이 되는 것입니다."

"상귀족?"

"도시에 있는 귀족들의 우두머리를 상귀족이라 합니다. 실상 그가 도시의 통치자라 할 수 있지요. 그런데 주기적으로 특정한 비밀 장소에서 그런 상귀족들의 모임이 이루어지는 것으로 알고 있습니다. 어쩌면 그 비밀 장소가 마족들이 있는 마궁이 아닌가 싶군요."

"비밀 장소의 회의라면 그럴 가능성이 있겠군."

"아마도 틀림없을 것입니다."

레자르는 사실 마음만 먹으면 상귀족이 되어 그 비밀 장소에 가볼 수 있었다. 그의 능력으로 하나의 도시를 장악하는 건 그리 어려운 일이 아니기 때문이다. 그러나 그가 그곳에 갔다면 그 즉시 마족들에 의해 정체를 발각당했을 것이다.

그리고 설령 발각되지 않는다 해도 그가 굳이 그곳에 가볼 이유는 없었다. 마족들과 대적할 힘이 없는 상황에서 그 위치를 안다 한들 무슨 일을 할 수 있었겠는가.

무혼은 의미심장한 미소를 지으며 고개를 끄덕였다.

"후후, 그렇다면 의외로 간단하게 놈들을 찾을 수도 있겠소."

방법을 알았다면 망설일 이유가 있겠는가. 곧바로 무혼은 결계 밖으로 나온 후 칼틴이 사놓은 저택으로 향했다. 그의 뒤를 레자르가 따랐다.

무혼의 저택은 네하른의 귀족들이 살고 있는 고급 저택가에 위치해 있었다. 그야말로 궁전을 방불케 할 만큼 화려한 다른 귀족들의 저택에 비해 무혼의 저택은 상당히 초라해 보일 정도였다. 그래도 그 저택의 가격이 무려 3만 디젠이라고 했다.

"로드, 어서 오십시오."

무혼이 저택의 정문 앞에 멈춰 서자 단정한 복장을 갖춘 집사 칼틴이 즉시 달려 나왔다. 칼틴을 본 레자르의 두 눈이 커졌다.

그는 한눈에 칼틴이 인간이 아님을 알아봤다. 칼틴은 마물이지만 무혼에 의해 가히 상급 마족 못지않은 기세를 뿜어내고 있었다. 레자르가 놀란 것은 당연했다.

"칼틴은 나의 권속이니 경계할 것 없소."

"오! 그렇군요."

레자르는 칼틴이 인간이 아닌 마물과 같은 존재이며 상당히 강력한 기세를 풍긴다는 것에 놀랐을 뿐, 그를 경계하지는 않았다.

사실은 친숙함을 느꼈다고 하는 것이 맞았다. 칼틴이 가진 암흑 마나의 기운은 레자르의 마나 하트에서 나오는 기운과 동일했기 때문이다. 무혼이 암흑 마기의 진원을 심어주며 레자르의 마나 하트를 복원시킨 덕분이었다.

"그동안 별다른 일은 없었느냐, 칼틴?"

"귀족들이 파견한 관원들이 이 저택을 계속 감시 중입니다만 그냥 모른 척하고 있었습니다.”

“그런 것 같더구나.”

칼틴이 말하지 않아도 저택 주위에 은밀히 잠복해 있는 이들이 있음을 무혼이 눈치채지 못했을 리 없었다.

그때 저택의 정문을 향해 일단의 무리들이 달려왔다. 다름 아닌 관원들이었다. 칼틴이 달려가 그들과 접촉하고는 돌아왔다.

“다벨루스 상귀족이 주최하는 파티가 오늘 밤 있으니 꼭 참석해 달라는 전갈입니다. 어찌하시겠습니까?”

무혼의 입가에 싸늘한 미소가 맺혔다.

“참석한다고 전해라.”

“예, 로드.”

칼틴은 다시 달려가 관원들에게 무혼의 의사를 전했다. 잠시 후 파티 시간이 임박하자 무혼은 칼틴과 레자르를 대동하고 파티장으로 향했다.

파티장은 네하른 중심가에 위치한 거대한 원형 건물의 9층 연회장이었다. 무혼이 도착하자 화려한 옷을 입은 귀족들이 이미 자리를 잡고 있었다.

네하른의 시장 거리에서는 볼 수 없던 풍성한 음식들이 쌓여 있었고, 눈부신 미모를 가진 시녀들이 귀족들의 수발을 들고 있었다.

무혼이 그쪽으로 걸어가자 귀족들이 일어나 무혼을 반겼다.

"하하하! 어서 오시오, 네하른의 새로운 귀족이여!"

"호호! 이럴 수가! 아주 멋진 외모를 지니신 분이었군요."

외모로 따지면 드래곤이건 정령이건 누구도 무혼을 따르지 못한다. 여성 귀족들이 그런 무혼의 외모를 보고 한눈에 반하는 것이 당연했다.

그러나 다른 귀족들과 달리 그들의 중심에 서 있는 장신의 사내는 무혼을 차갑게 쏘아보고 있었다. 그는 무혼이 다가가자 의미심장한 미소를 지으며 말했다.

"어서 오게, 나는 상귀족 다벨루스라 하지. 파티에 앞서 그대를 좀 소개해 주겠나. 출신 불명의 인물이 귀족이 되었다고 모두들 궁금해하고 있는 중이어서 말일세."

"출신이랄 것이 따로 있겠소? 궁금하다면 알려주겠소."

무혼은 씩 웃고는 뒤에 있는 칼틴에게 눈짓을 보냈다. 칼틴은 큼직한 상자를 들고 있었는데, 그것을 다벨루스의 앞에 있는 식탁 위에 올려놓았다.

"이게 뭔가?"

"귀족이 된 첫 파티인 만큼 선물을 가져왔소. 모두에게 하나씩은 돌아갈 것이니 마음에 드는 걸로 골라보시오."

무혼이 고개를 끄덕이자 칼틴이 상자를 열었다. 그 안에는 눈부신 빛이 반짝이는 보석 장신구들이 잔뜩 들어 있었다.

"오! 이건?"

"놀랍군. 이토록 멋지게 세공된 보석이 있다니!"

다벨루스를 비롯해 귀족들의 두 눈이 휘둥그레졌다. 상자 안에 들어 있는 보물들은 그들이 가진 그 어떤 보물보다 훌륭하고 멋진 것들이었던 것이다. 곧바로 그들의 눈빛은 탐욕으로 물들었다.

"내가 잘못 들은 것이 아니라면 지금 이것들을 선물로 가져왔다고 한 것 같은데, 그렇지 않나?"

다벨루스의 말에 무혼은 당연하다는 듯 고개를 끄덕였다.

"물론이오."

"흐음! 배포가 아주 대단하군. 단언컨대 이 상자에 들어 있는 어떤 것들도 1백만 디젠 이하의 가격은 없어. 그런 게 수십 개란 말이야. 네하른의 상귀족인 나라고 해도 이 정도의 가치가 있는 보물 중 단 하나도 선물로 내놓기란 쉽지 않은 일이라네."

"후후, 부담 갖지 마시오. 내겐 그런 보물들이 수십 배는 더 있으니까."

그 말에 다벨루스와 귀족들의 입이 쩍 벌어졌다. 이 상자에 있는 보물들의 가치만 해도 상상을 초월하는데 그런 게 수십 배 더 있다니 대체 말이나 되는가?

다벨루스의 두 눈이 사나워졌다.

"그 많은 보물들을 어디서 난 건지 물어도 되겠나?"

"나는 원래 젤카 숲 동부의 가난한 나무꾼이었소. 그런데 우연히 한 신기한 동굴을 발견했는데, 알고 보니 그곳이 고대 드래곤의 레어였지 뭐요?"

"무엇이? 고대 드래곤의 레어?"

"그렇소."

다벨루스의 두 눈이 커졌다. 다른 귀족들도 모두 깜짝 놀란 표정을 지었다. 그들은 고대 누베스 대륙에 드래곤이라는 신비한 존재들이 살고 있다는 전설을 들은 적이 있었다.

물론 모두가 꾸며낸 얘기라고 생각했을 뿐 실제로 드래곤이 있었다는 사실을 믿지 않았다. 그러나 무혼이 내놓은 보물들을 보고 나자 그 사실을 믿지 않을 수 없었다.

'보물들이 그토록 많이 있다니!'

'저자야말로 누베스 대륙 최고의 부자겠군.'

귀족들은 앞다투어 상자에서 보석을 하나씩 챙겼다. 그런 귀족들을 향해 무혼이 의미심장한 미소를 지으며 말했다.

"선물들이 흡족하다면 한 가지 제의를 하고 싶소."

"제의라? 그래. 어떤 제의를 말하는 건가?"

다벨루스는 신비하게 번쩍이는 붉은 보석 반지를 만지작거리며 물었다. 그는 무혼에 대해 뭔가 의심이 들었지만 그보다 생전 처음 보는 신비한 보물에 관심이 팔려 제정신이 아니었다.

"실은 내가 가진 보물들을 좀 처분하려 하오. 그런데 워낙 고가이다 보니 보통의 시장에서 판매하기는 쉽지 않아서 문제요."

"그건 당연한 일이네. 웬만한 귀족들이라 해도 1백만 디젠 정도 하는 보물을 선뜻 구입하기란 어려운 일이지."

그 말에 무혼이 의미심장한 미소를 지으며 대답했다.

"나도 알고 있소. 그래서 말인데 특별히 가격을 대폭 낮추어 줄 테니 살 생각 있소? 선물로 준 것들과 비슷한 가치의 보물들을 개당 20만 디젠 정도에 팔 생각이오만."

1백만 디젠의 가치가 있는 보물들을 고작 20만 디젠에 팔겠다? 다벨루스 등의 두 눈이 다시 휘둥그레졌다.

"왜 그런 손해 보는 일을 하려 하지?"

"디젠이 필요해서요. 가진 게 보물뿐이다 보니 정작 쓸 돈은 부족해서 말이오."

그러자 다벨루스 등의 눈빛이 다시 탐욕으로 물들었다.

"흐흐! 나중에 후회하지 않겠지? 한번 거래한 것은 물릴 수 없다네."

"후후, 그건 내가 할 소리요. 어쨌든 기회는 오늘뿐이오. 다음부터는 모두 제값을 받고 팔 것이오."

그 말과 함께 무혼이 레자르를 향해 고개를 끄덕였다. 레자르는 뒤에 큼직한 자루를 메고 있었는데, 그것을 무혼의 앞 테이블에 살짝 쏟았다.

촤르르!

온갖 신비로운 빛을 발하는 장신구들이 무려 2백여 개나 쏟아져 나왔다. 그러나 그것은 자루에 들어 있는 것들 중 일부일 뿐이었다.

"오!"

"저럴 수가!"

귀족들의 입이 쩍 벌어졌다. 무혼은 어깨를 으쓱하며 말했다.

"전설에 의하면 드래곤들의 물건에는 마법이 깃들어진 것도 있다 했는데, 다 살펴보지는 못했소. 어쩌면 이것들 중에도 그런 것들이 있을지 모르지."

그 말에 다벨루스를 비롯한 귀족들의 눈빛은 더더욱 탐욕으로 물들었다. 곧바로 보물 파티가 열렸다. 귀족들은 앞다투어 무혼에게 보물들을 사겠다 난리였다.

"내가 고른 이것들을 주시오. 모두 18개요."

"나는 17개 사겠소."

귀족들은 자신들의 전 재산에 해당하는 금액만큼 보석들을 사들이기 시작했다. 보석들은 매입가의 다섯 배로 처분할 수 있는 값진 물건들이니 망설일 것 있겠는가. 전 재산이 아니라 빚까지 져서라도 사면 무조건 이득이라는 생각에 그들은 자신들의 귀족 신분마저도 처분해 조급히 보석들을 사들였다.

"칼틴, 서류를 꼼꼼히 작성해라."

"그렇게 하고 있습니다, 로드."

귀족들이 자신들의 저택과 현금, 그리고 네하른에 소유하고 있는 각종 사업장들을 무혼에게 넘긴다는 서류였다. 칼틴은 수십 명의 관원들을 불러 서류를 작성했다.

그로써 네하른에 위치한 술집과 도박장, 각종 여관이나 음식점 등 모든 사업장들이 속속 무혼의 소유로 넘어가기 시작했다.

'허어!'

레자르는 그 광경을 멍한 표정으로 지켜봤다. 그는 사실저 보물들의 정체를 알고 있었다. 무혼이 저택을 나서기 전정원 한쪽에 깔려 있는 작은 자갈들을 자루에 잔뜩 집어넣은 후 레자르에게 지고 오라고 했기 때문이었다.

그렇다. 귀족들이 미친 듯 사들이는 진귀한 보석 장신구들은 실상 돌멩이에 불과할 뿐인 것이다. 그런데 그사이 무혼이 무슨 수를 썼는지 그것이 신비한 보석 장신구로 화해 있었다.

이는 물론 무혼이 펼친 고도의 몇 가지 현혹 주술 때문이었다. 자갈이 보석처럼 보이는 주술뿐 아니라 다른 특별한 최면 주술로 인해 귀족들은 평소와 달리 이성을 잃어버렸다.

특히 자갈이 보물처럼 보이게 만드는 주술의 위력은 얼마나 가공한지 드래곤인 레자르도 구분이 불가능할 정도였다. 만일 그도 무혼이 아까 자갈을 자루에 담는 것을 보지 못했다면 영락없이 저것들을 보석으로 보았을 것이다.

이렇게 아주 기괴한 보물 파티가 열리고 있었다. 무혼은 귀족들이 전 재산을 모조리 넘길 수 있도록 추가로 보물들을 한두 개 외상으로 끼워 주며 남은 금액마저 털어 버렸다.

그러나 네하른의 귀족들은 고작 돌멩이들에 자신들의 전 재산을 넘기고 있음을 짐작도 못한 채 큰 이득을 취했다며 득의만만해 있었다.

그중 가장 신이 나 있는 귀족은 단연 다벨루스였다. 네하른의 다른 귀족들의 전 재산을 합한 것보다 많은 돈을 보유한 상귀족 다벨루스는 이제 자신이 누베스 대륙에서 손꼽히는 부자가 되었다는 생각에 한껏 고무되어 있었다.

'흐흐! 저 멍청한 나무꾼 놈 때문에 오늘 횡재했군.'

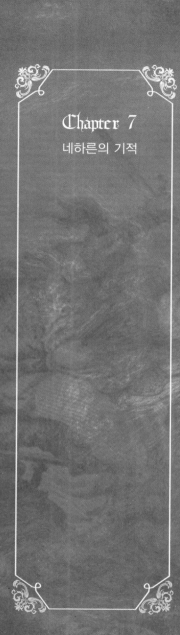

Chapter 7
네하른의 기적

　보물 거래가 끝나자 귀족들은 흥청망청 먹고 마시며 파
티를 즐겼다.

　"하하하, 오늘은 최고의 날이야. 이제 우리가 떠나면 무
혼 그대가 네하른의 상귀족이 되겠군."

　"호호! 그러고 보니 그러네요. 네하른에 귀족은 한 명만
남을 테니까요."

　저택은 물론이요 사업장을 비롯해, 자신들의 신분까지
포함한 전 재산을 처분해 보물을 사들인 그들이었다. 이제
그들은 더 이상 네하른에 머무를 이유가 없었다. 그들은 다
른 도시에 가서 그것들을 하나씩 처분하며 지금보다 몇 배

더 화려한 부를 누릴 것이다.

특히 그동안 상귀족 다벨루스의 위세에 눌렸던 귀족들은 자신들도 다른 도시에 가서 상귀족이 되겠다는 야심에 불 탔다.

"자, 마지막으로 우리 불타는 밤을 보내야 하지 않겠 소?"

"하하하! 불타는 밤이라! 좋지요. 자, 즐겨봅시다."

"오호호홋! 나도 좋아요."

그런 귀족들을 무혼은 싸늘히 노려보고 있었다.

'어리석은 자들! 마지막 파티를 실컷 즐기거라.'

자갈들에 깃들어 놓은 현혹 주술은 며칠 지나면 풀린다. 그러나 저들은 그것이 현혹 주술인지 절대 알아챌 수 없을 것이다. 현혹 주술이 풀림과 동시에 그것들은 흔적도 없이 소멸되어 버릴 테니까.

따라서 모두들 보물들을 도둑맞았다 생각할 뿐 설마 무 혼이 주술을 펼쳤을 것이라고는 상상도 못 하리라. 설령 무 슨 수상함을 짐작한다 해도 물증이 없으니 무슨 수로 따질 수 있겠는가.

그리고 따진다 해도 소용없었다. 저들은 더 이상 네하른 의 귀족이 아니다. 그들의 귀족 신분증을 무혼에게 모두 넘 긴 터였고 외상으로 산 매입 대금만큼 빚도 지고 있는 상황이니 두 번 다시 네하른으로 돌아올 엄두도 내지 못할 것이다.

귀족들이 마지막 파티를 즐기는 모습을 잠시 지켜보다 무혼은 돌아서서 나왔다.

'이제 알거지가 되어서 보통의 시민으로 살아 보아라. 그동안 너희들이 얼마나 그들을 악랄하게 착취했는지 조금이라도 깨닫길 바란다.'

엄밀히 말하면 무혼에게 귀족 신분증을 넘긴 이상 저들은 귀족이 아니다. 이 10층의 거대 원형 건물도 무혼의 소유이며 저들의 모든 저택도 무혼의 것이었다.

따라서 지금 당장이라도 무혼이 저들을 모두 내쫓아 버릴 수 있지만 마지막 자비를 베풀어 준 것이었다.

어쨌든 이렇게 무혼은 네하른의 상귀족이 되었다. 이튿날 무혼은 레자르를 귀족으로 만든 후 네하른의 통치를 담당시켰다.

"이제 누베스 대륙의 변화는 이곳 네하른부터 시작될 것이오. 자신 있소, 레자르?"

"허어! 도무지 어디서부터 어떻게 고쳐야 할지 엄두가 나지 않는군요. 이 상황에서 도시 자체를 없애면 더욱 혼란이 벌어지게 되니 도시는 그대로 두되, 불합리한 세금과 같은 것들을 없애고 가급적 모두가 잘살 수 있는 방책을 찾아

보려 합니다."

한숨을 내쉬는 레자르를 향해 무혼이 씩 웃었다.

"이전보다 나아지는 것이 중요하니 너무 완벽하게 하려고 하지는 마시오. 어차피 모두가 만족할 만큼 완벽한 변화란 불가능한 일 아니겠소?"

"허허! 물론 그렇습니다. 귀족들의 착취가 사라진 것만으로도 크게 달라진 것이라 할 수 있지요. 강제 노역 따위는 없애고 일에 대해서는 이전보다 보수를 많이 지급할 생각입니다. 그리고 치안도 강화해야겠지요. 밤거리의 무법지대가 사라져야 할 테니 말입니다. 식료품값과 주거비용을 대폭 떨어뜨리고, 굶어 죽는 이들이 없도록 무료 급식도 실시하고, 누구든 원하면 학문과 마법, 검술을 배울 수 있도록⋯⋯."

"알았으니 그만 하시오."

레자르가 자세히 자신의 방침을 설명하려 하자 무혼은 쓴웃음을 지으며 손을 흔들었다. 믿을 만한 자에게 맡겼으면 그걸로 충분하다. 어련히 알아서 잘 할 텐데 일일이 보고를 들으며 간섭할 필요가 있겠는가.

"구체적인 건 그대가 알아서 하시오. 그보다 심심해하는 녀석들이 있어서 데려왔는데 아마 큰 도움이 되어 줄 것이오."

그 말과 함께 무혼의 뒤쪽으로 두 명의 인물이 나타났다. 물론 그들은 인간이 아닌 드래곤들이었다.

"우하하하! 나는 이로이다 대륙의 드래곤 포르티라고 합니다. 누베스 대륙의 드래곤 로드를 만나 뵙게 되어 진실로 영광입니다."

"호홋! 아그노스예요. 도시를 통치하는 건 아주 흥미로운 일이죠."

밤사이 무혼은 네하른의 저택과 이로이다 호가 정박해 있는 임시 부두로 통하는 텔레포트 마법진을 만들었고, 심심해 죽겠다며 하품을 하고 있던 두 드래곤을 데려왔다.

"크흐흐! 잘됐군. 이곳에 마탑 지부를 세워야겠어."

"홋, 나도 그 생각을 했는데 말이야. 그보다 이곳의 야서는 좀 특별했으면 좋겠어. 그런데 여기도 야서가 있을까?"

"물론이지. 세상에 야서 없는 곳이 어디 있겠냐?"

네하른에 각각의 마탑 지부를 세우고 야서도 수집하겠다는 기막힌 발상을 하는 정신 줄 놓은 드래곤들이었다.

물론 무혼은 상관하지 않았다. 포르티 등이 다소 괴팍한 성격을 가지고 있어도 각각이 맡은 임무 하나만은 기막히게 잘해내는 편이니까.

산만한 것 같아도 매우 꼼꼼하고, 뭔가 허술한 것 같아도 실상은 쫀쫀할 정도로 치밀한 두 드래곤은 레자르가 네하른을 살기 좋은 곳으로 만드는 데 큰 도움을 줄 것이다.

이튿날 무혼은 전임 상귀족 다벨루스를 보좌했던 관원 후디스를 불러 물었다.

"상귀족의 모임이 있다고 들었는데 그에 대해 아는 것이 있나?"

"물론입니다. 그렇지 않아도 그것에 대해 말씀드리려 했습니다."

후디스는 상귀족 회의가 앞으로 3일 후에 대도시 고루센에서 열린다고 했다. 고루센은 이곳 네하른에서 마차를 타고 대략 3일 정도 소요되는 거리에 있는 도시였다.

본래라면 전임 상귀족 다벨루스가 오늘 마차를 타고 고루센으로 출발했을 것이나, 그는 무혼에게 상귀족의 지위를 넘기고 다른 도시로 떠나 버렸다. 따라서 이제는 무혼이 다벨루스 대신 고루센으로 가야 하는 상황이었다.

"잘됐군. 그럼 오늘 출발하도록 하지."

"예, 곧바로 준비하겠습니다."

무혼은 이미 마물 권속들을 통해 고루센의 위치를 알고 있었다. 주술 지도 두루마리에 고루센뿐 아니라 누베스 대륙의 주요 지역 좌표가 모조리 기록된 터였다.

따라서 지금 당장이라도 고루센의 좌표로 텔레포트를 통해 순식간에 이동할 수 있었지만, 짐짓 평범한 보통의 상귀족들처럼 마차를 타고 가기로 했다. 혹시라도 지켜보는 마족의 눈이 있을 것 같아서였다.

잠시 후 관원이 마차를 준비했고, 무혼은 칼틴을 대동하고 네하른을 떠나 고루센으로 향했다.

무혼이 떠난 지 3일이 지났다. 그사이 네하른에는 큰 변화가 있었다.

사실 3일이란 기간은 그다지 짧은 시간은 아니지만, 네하른과 같은 큰 도시의 분위기가 완전히 뒤바뀌기에는 매우 짧다고 할 수 있는 시간이다.

아니, 불과 3일 만에 음침하고 절망적이었던 도시의 분위기가 희망적으로 바뀐다는 것은 있을 수 없는 일일 것이다. 그야말로 불가능한 일이 아닐 수 없다.

그런데 그러한 통념과는 달리 네하른의 분위기는 정확히 3일 만에 완전히 바뀌어 버렸다. 불가능이 가능으로 변한 것이다.

네하른의 신규 귀족이자 사실상 총독과 같은 역할을 담당하고 있는 레자르가 어떤 엄청난 정책을 펼쳤기에 이런 기적 같은 일이 벌어진 것일까? 특히 거리를 거니는 시민들의 표정이 무척 밝아진 터였다.

엄밀히 말하면 시민들에 앞서 관원들의 표정이 먼저 달

라졌다. 일설에 의하면 네하른의 신규 귀족인 아그노스라는 미모의 여성이 관원들을 모아 놓고 상상을 초월한 정신교육을 시켰다는데 그것이 사실인지는 확인된 바 없었다.

확실한 건 그 이후로 관원들은 더 이상 시민들에게 고압적인 태도를 보이지 않는다는 것이었다. 그들은 오히려 시민들을 떠받드는 듯 정중한 태도를 보였다. 시민들은 갑자기 친절해진 관원들의 모습에 당황했다.

더욱 놀라운 일은 네하른에서 모든 강제 노역이 사라진 것이었다. 시민들은 자신들이 일하고 싶을 때만 일할 수 있었는데, 관원들에게 말하면 적합한 일자리를 알선해 주었다. 일자리마다 보수가 상이하지만 하루 보수는 최저 80라젠으로 정해졌다.

일당 2디젠 이하는 세금을 떼지 않았고, 관원들이 관행이라며 뜯어가던 돈도 없어졌기에, 시민들은 어떤 일을 하던 하루 보수로 최저 80라젠은 손에 쥘 수 있었다. 하루 보수가 35라젠에서 80라젠으로 이전보다 두 배 이상 뛴 것이었다.

그야말로 기적적인 일이 아닐 수 없었다. 그런데 기적은 거기서 그치지 않았다.

빵이나 우유, 밀가루, 야채, 치즈와 같은 식료품값이 이전보다 삼 분의 일 가격 수준으로 떨어졌다.

하루 최저 소득이 두 배로 올랐는데 식료품값은 삼 분의 일로 떨어졌으니 시민들은 먹는 문제에 대한 부담이 크게 줄었다. 고아나 병자, 독거노인과 같은 소외 계층에게는 관원들이 무료로 빵과 우유를 나누어 주어 굶어 죽는 이들도 사라졌다.

또한 주거 문제에 있어서도 놀라운 변화가 있었다.

사실 이 주거 문제는 아무리 대단한 천재가 나서도 3일 만에 해결하기란 불가능한 일이지만, 그건 보통 인간의 상식적인 생각에서의 한계일 뿐, 드래곤들에게는 그리 문제가 되지 않았다.

특히 포르티와 아그노스처럼 하면 된다, 라는 대단히 적극적 사고방식을 가진 드래곤들에게는 더더욱 간단한 일이었다.

"크흐흐! 도시에 집이 부족하다고? 그럼 지으면 되지 뭘 걱정이냐?"

"호호홋! 땅이 부족해? 그럼 땅을 넓히면 되는 거잖아."

마법은 그런데 쓰라고 있는 것이다. 무혼보다 싸움은 못하지만 마법은 잘한다고 생각하고 있는 포르티와 아그노스는 자신들의 마법을 총동원해, 간혹 자신들의 마정석들도 아끼지 않고 사용해 가며 황무지를 밀어 터를 만들고, 돌과 나무들을 날라 집을 지어댔다.

"호호! 자, 여기 전망 좋고 공기 좋고 시설 좋은 집이 한 채에 2백 디젠! 임대는 1년에 12디젠! 싸다 싸!"

"집 있는 사람은 해당 안 돼. 집 없는 사람만 오라고! 야 서를 가져오는 이에겐 특별히 할인 혜택을 주지!"

아그노스와 포르티가 파는 집들은 매우 근사했다. 있을 건 다 있었고 매우 쾌적했다. 사치스러운 고급 저택처럼 화려하지는 않지만 사람이 사람답게 살기에는 충분하고도 남았다. 비록 도시 외곽이라 해도 도로를 잘 닦아 놓아 시내까지의 거리는 그리 멀지 않았다.

멋진 집 한 채에 2백 디젠이라!

이로써 최저 임금이 80라젠으로 오른 지금이라면 누구든 열심히 일해 최대 1년, 빠르면 6개월 정도 만에 훌륭한 집을 소유할 수 있게 되었다. 당장 집을 살 형편이 안 되면 임대해도 되는데, 대략 15일 정도만 일해도 1년 임대료를 벌 수 있었다.

시민들은 어안이 벙벙했지만, 이내 환호했다. 다른 건 몰라도 이제 적어도 먹고 사는 문제에 있어서는 전에 비할 수 없이 수월해졌기 때문이다. 그들의 굳어졌던 인상들이 자연스레 펴졌고 활짝 웃는 사람들도 생겨났다.

또한 귀족들의 착취도 없으니 굳이 관원이나 귀족이 되겠다며 돈독에 오를 필요도 없었다.

물론 이미 오랜 세월 굳어져 버린 돈에 대한 탐욕과 좋지 않은 습관들이 불과 며칠 만에 사라진다는 것은 있을 수 없는 일이지만, 그것은 어차피 시간이 해결해줄 문제다.

또한 먹고 사는 문제 말고도 도시에 문제는 무수히 많다. 그러한 것들도 차츰 하나씩 해결해야 할 것이다.

세 드래곤들이 광역 탐지 마법진을 곳곳에 펼쳐두어 법을 어기는 이들을 감시하자 자연스레 범죄가 줄었고, 도시의 치안이 확립되었다.

술이나 유흥 중독자들이 있는 것은 여전했지만 그 또한 시간이 해결해 줄 문제였다. 아무리 드래곤들이라 해도 인간의 습관이나 마음까지 돌려놓을 수는 없는 일이니까.

물론 심령을 통제하는 마법을 펼쳐 강제할 수는 있겠지만 그것은 선택의 자유를 구속하는 것이기에 바람직하지 않았다.

그리고 아무리 좋은 제도와 기회, 그리고 희망이 있어도 그것에 불만을 가지거나 부적응하는 이들은 있는 법이다. 그것은 어쩔 수 없는 일이다.

무혼이 미리 말한 대로 레자르와 포르티 등은 누구에게든 완벽하게 살기 좋은 이상적인 도시를 만들겠다는 생각은 하지 않았다. 그건 드래곤이라 해도 불가능한 일이었다.

중요한 건 도시 네하른이 이전보다 사람들에게 매우 살

기 좋아졌다는 것!

훗날 사람들이 네하른의 기적이라 부르는 이 신비한 일이 불과 3일 만에 벌어지다 보니 아직 외부에는 소문이 나지 않았을 뿐이다.

*　　　*　　　*

네하른에 전에 없던 기적이 벌어지고 있는 사이 무혼은 대도시 고루센에 도착했다. 네하른보다 인구가 가히 10배 이상 많으며, 누베스 대륙을 통틀어 가장 많은 숫자의 귀족들이 거주하고 있다는 이 거대한 도시의 분위기는 실로 참담하기 그지없었다.

절망과 탐욕, 광기가 어우러진 도시. 도처에 창녀와 부랑배들이 득실거렸고, 굶주린 아이들과 병자들, 구걸하는 거지들, 음침한 골목에는 썩어가는 시체들도 보였다.

그런 그들을 아무렇지도 않게 바라보며 화려한 마차를 타고 지나가는 이들이 있었다. 다름 아닌 귀족들이었다. 오늘 특히 상귀족의 회의가 있는 터라 외부에서 온 귀족이 많았다.

소박하고 자그만 마차 하나를 타고 온 무혼과 달리 다른 귀족들의 마차는 온갖 번쩍거리는 장식으로 눈부시기 이를

데 없었고 여러 대의 행렬로 이루어져 있었다. 심지어 그들을 수행하는 관원들도 매우 화려했다. 상귀족으로서의 품위를 위해 관원들의 복장도 신경 쓴 모양이었다.

무혼의 마차는 마부석에 앉아 있는 집사 칼틴과 보좌관 후디스뿐이었다. 무혼의 복장은 매우 평범해 언뜻 보면 관원이나 혹은 시민처럼 보이기도 했다.

다그닥! 다그닥!

히히히힝!

잠시 후 고루센의 중앙에 위치한 거대한 성곽 건물로 무혼의 마차가 들어갔다. 이 성곽은 고루센의 상귀족인 투라드의 소유였다. 성곽의 규모는 어지간한 작은 도시를 방불케 할 만큼 거대했고, 내부는 호수가 있는 정원과 화려한 형상의 건물들로 가득했다.

"후후, 투라드 님의 저택은 언제 와도 멋지단 말이야. 나는 언제쯤 이만한 집을 가져보나."

"그냥 포기하는 게 좋을 거요. 우리 같은 상귀족들 수십이 합쳐도 이런 저택은 꿈도 못 꿀 일이지."

"빌어먹을! 세상은 불공평하다니까. 아무리 노력해 봐야 우린 그냥 조그만 도시의 상귀족일 뿐이지, 이런 대도시의 상귀족이 되지는 못한다고."

마차에서 내려 성곽의 중심에 있는 거대한 원형 건물로

들어가는 상귀족들이 투덜거리는 소리가 들렸다. 그들은 서로 안면이 있는 듯 반갑게 인사하면서도 이 웅장하고 화려한 성곽을 소유한 투라드의 막대한 재력을 부러워하고 있었다.

각각의 도시에서는 귀족 중의 귀족이라는 상귀족으로 온갖 사치와 향락, 권력을 누리면서도, 이렇게 상귀족들이 모인 자리에서는 서로를 비교하고 있으니 그야말로 그들의 욕심은 끝이 없는 듯했다.

그런데 묵묵히 걷고 있는 무혼을 향해 다가와 말을 거는 이가 있었다.

"오! 당신은 처음 뵙는 분 같은데 어디서 오신 것이오?"

상귀족은 어지간하면 바뀌지 않는다. 상귀족들이 가진 부가 보통의 귀족들에 비할 수 없이 많기 때문이다. 다시 말해 다른 도시의 상귀족이 또 다른 도시의 상귀족이 되는 경우는 있어도, 보통의 귀족이 상귀족으로 올라서기란 쉬운 일이 아닌 것이다.

그렇다 보니 상귀족들의 숫자가 도시의 숫자만큼 많지만 그들 대부분은 안면이 있을 수밖에 없었다. 서로 도시를 교환하듯 상귀족의 자리를 교환하는 것은 흔했지만, 무혼처럼 전혀 낯선 인물이 상귀족의 모임에 참석했다는 것은 매우 특이한 일이었다.

"네하른이오."

무혼이 무뚝뚝한 음성으로 대답하자 사람들의 표정이 놀라움으로 물들었다. 네하른은 고루센에 비할 수는 없지만 그래도 제법 큰 도시로 알려진 터였다. 특히 지금 무혼의 말에 놀라고 있는 상귀족들의 도시 규모는 모두 네하른보다 작았다.

"오! 이럴 수가! 네하른의 상귀족은 다벨루스 님이 아니었소?"

"당신이 정말로 네하른의 상귀족이 맞소?"

물론 그러한 질문은 의미가 없었다. 무혼이 이 저택을 들어올 때 이미 신분 확인을 했고, 만일 무혼이 네하른의 상귀족이 아니었다면 이 저택으로 들어올 수 없었을 테니까.

그런데도 불구하고 무혼의 초라한 복장을 본 상귀족들은 의아함을 금치 못했다. 애초에 그들은 무혼을 어디 아주 작은 도시의 상귀족이라 예상했기 때문이었다.

어쨌든 무혼이 자신의 신분을 밝히자 그를 대하는 상귀족들의 태도가 많이 달라졌다. 심지어 대놓고 무혼과 친해지려고 말을 거는 이들도 적지 않았다.

그러나 무혼은 애초부터 그들과 어울리고 싶은 마음이 없었기에 시종 무뚝뚝한 반응만 보였다. 우습게도 상귀족들은 그런 무혼의 태도에 반감을 갖기는커녕 오히려 그것을 당연한 듯 받아들이는 것이었다. 네하른의 상귀족이라면 마땅히 그런 오만함을 갖고 있는 것이라 생각하는 듯했다.

잠시 후 무혼은 거대한 대전 안으로 들어섰다. 그 안에는 대략 1천여 명에 가까운 상귀족들이 모였는데 그들이 내는 시끄러운 소리로 귀가 멍멍할 정도였다.

"먼 곳까지 왕림해 주신 모두를 진심으로 환영하오."

그러던 일순 모두를 조용하게 만드는 소리가 있었다. 대전의 상좌에 나타나 중후한 음성을 발하는 사내. 그가 바로 고루센의 상귀족이며 누베스 대륙의 모든 상귀족의 수장인 투라드였다.

그의 주도로 상귀족 회의가 시작되었는데, 특별한 내용이 없이 회의는 금세 끝났다. 사실 회의는 그저 형식적인 것일 뿐, 상귀족들이 모인 진정한 이유는 회의 이후에 열리는 비밀 파티를 즐기기 위함이었다.

"그럼 이제 상귀족 파티를 시작하겠소. 언제나 그렇듯 파티는 아주 특별한 장소에서 하게 될 것이오."

"와아!"

"오오!"

상귀족들이 기다렸다는 듯 함성을 질렀는데, 무혼은 의미심장한 미소를 지으며 상귀족 투라드를 노려보고 있었다.

'드디어 꼬리를 잡았군.'

투라드의 몸에는 아주 미약한 마기의 기운이 흐르고 있었다. 그 마기의 기운이 너무 미약해 무혼의 권속 마물들의 능력으로는 간파가 불가능했다. 그렇지 않다면 이곳에 마기를 가진 이가 존재한다는 것을 무혼이 진작 알았을 것이다.

투라드는 마족이 아니었다. 마족이 심어놓은 무언가의 금제에 의해 움직이는 하수인이 분명했다. 그와 달리 이 대전에 모인 1천여 명의 상귀족 중에 마기를 가진 이는 아무도 없었다.

그그그궁.

그때 대전의 한쪽 바닥이 옆으로 이동하더니 지하로 통하는 계단이 나타났다. 상귀족들은 기다렸다는 듯 차례로 줄을 서서 그 계단을 통해 내려갔다. 투라드가 말하는 특별한 파티 장소는 계단 아래에 있는 듯했다.

과연 저 계단은 어디로 통하는 것일까?

가 보면 알게 될 것이다. 무혼은 무표정한 얼굴로 상귀족들의 뒤를 따라 계단으로 내려갔다. 그러다 이내 입가에 싸늘한 조소를 머금었다.

'주술진을 펼쳐 놓았구나.'

계단은 대략 3층 정도의 높이로 되어 있었지만 특별한 주술진으로 인해 계단의 바닥은 고루센이 아닌 전혀 다른 장소와 연결되어 있었다. 상귀족들은 자신들이 투라드의 저택 지하 파티장으로 이동하는 것이 아니라 계단을 통해 미지의 장소로 이동하고 있음을 상상도 못 했다.

또한 주술진의 계단에는 그곳을 지나는 이들의 몸을 샅샅이 훑어보는 주술도 펼쳐져 있었다. 상귀족들은 모르고 있지만 그들 모두를 누군가 날카로운 눈으로 주시하며 하나하나 살피고 있는 것이었다.

스스스.

무혼을 향해서도 그 주술의 기운이 어김없이 엄습했는데 그것은 그대로 마치 허공을 지나듯 무혼의 몸을 스쳐 갔다.

'이따위 것은 내게 가소로울 뿐이지.'

사실 본래라면 체내에 가공할 마나의 기운을 가진 무혼을 주술의 기운이 간파하는 즉시 마족들도 알아챘을 것이다. 그러나 이미 초월경의 주술 경지에 이른 무혼 앞에 지금 마족들이 펼쳐놓은 주술은 그저 조잡하기만 한 잡술 정도에 불과할 뿐이었다.

어느덧 모든 상귀족들이 계단을 내려가 화려하고 거대한 파티장으로 들어갔다.

파티장은 하나의 특정한 장소가 아니라 수백 개의 방으

로 이루어져 있었고, 각각의 방마다 특색 있는 파티가 준비되어 있었다.

상귀족들은 자신의 구미에 맞은 방들을 찾아가며 즐기기만 하면 되었다. 모두들 상기된 표정으로 방을 찾아다녔고, 도처에서 환호성과 웃음소리가 가득했다.

무혼은 잠시 어떤 방들이 있는지 살펴봤다. 놀랍게도 각각의 방마다 갖가지 종류의 유희들이 준비되어 있었다. 그것들 중에는 차마 눈뜨고 볼 수 없는 끔찍한 것들도 적지않았다.

먹고 마시는 것! 그리고 단순히 육체적 쾌락을 즐기는 것이라면 비록 추할지라도 봐줄 수 있다. 그러나 같은 인간을 갈가리 찢어죽이거나 심지어 인간의 피와 살을 먹기도 하는 참혹한 짓을 즐기고 있을 줄이야.

그것을 유희라고 좋아하는 이들을 보며 무혼은 화가 머리끝까지 치솟고 말았다.

그렇다. 이 은밀한 파티장에서 상귀족들은 인간으로서는 절대 해서는 안 되는 사악한 유희를 즐기고 있었다.

놀라운 사실은 파티장 곳곳에 마족들이 인간의 모습으로 나타나 파티를 즐기고 있다는 것이었다. 그들은 자신들이 만들어 놓은 사악한 유희를 상귀족들이 즐기고 있는 모습에 흡족해하는 듯했다.

이렇게 마족들의 문화를 상귀족들이 즐기면서 그들은 자연스레 마족과 같은 심성을 가지게 되었다. 그들이 아무런 가책 없이 시민들을 착취할 수 있는 이유가 바로 여기에 있었던 것이다.

이것이 유레아즈 제43 마계의 실체였다. 그리고 바로 이 파티장이 있는 미지의 장소가 마족들의 본거지인 마궁이었다.

'좋아. 그렇게 파티를 즐기기 원한다면 나도 동참해 주지. 이제부터 죽음의 파티를 펼쳐 주마. 이곳에 있는 놈들 중 단 하나도 살려 두지 않겠다.'

마족들과 상귀족들이 어우러져 사악한 유희를 즐기는 모습을 노려보는 무혼의 두 눈이 섬뜩하게 빛났다.

Chapter 8

마왕과의 조우

인간이되 이미 인간이 아닌 자들, 그리고 애초부터 인간이 아닌 마족들! 그들이 모두 인간의 모습을 한 채 사악한 파티를 즐기고 있는 현장을 계속 지켜보기란 무척 괴로운 일이다.

그러나 무혼은 이 모든 자들을 제거하기에 앞서 파티장의 주변을 탐색했다. 지금 파티장에서 인간들과 어울리고 있는 마족들은 모두 상급 마족들일 뿐, 최상급 마족의 모습은 눈에 띄지 않았기 때문이다.

누베스 대륙을 마계의 고리에서 끊어 버리려면 이곳을 장악하고 있는 최상급 마족을 제거하고 다크 포탈을 파괴해야 한다. 따라서 다른 어떤 것보다 다크 포탈이 있는 위치를 확인하는 것이 우선이었다.

무혼의 몸은 파티장 중 하나의 방에 머물러 있었지만 그의 확장된 시야는 이 방대한 지하 공간의 모든 것을 샅샅이 훑었다.

그러던 일순.

무혼은 이 사악한 파티장으로 들어오는 세 명의 인물을 발견했다. 물론 그들은 인간이 아니었다.

가장 좌측에 있는 남성은 최상급 마족, 그리고 가장 우측에 있는 여성은 로아탄이었다. 놀랍게도 그녀는 지금껏 무혼이 보았던 모든 로아탄 중에서 가장 강했다. 무혼의 가디언 로아탄 중 최강인 물의 로아탄 와테르보다도 강력했으니까.

'놀랍군. 힘의 근원을 무려 7개나 가지고 있다니.'

그러나 지금은 그것에 놀랄 때가 아니었다. 최상급 마족과 로아탄 사이에서 뇌쇄적인 마력을 풍기는 미청년이 있었으니.

'저자는?'

무혼은 그 미청년의 얼굴을 예전에 본 적 있었다. 정령의 숲 화산성에 있는 불의 정령 사만다의 거실에서 보았던 다섯 장의 그림 중 하나에 그려진 얼굴이었다.

그 그림들은 사만다의 지난 애인들을 그려놓은 것들이었는데 그중 가장 좌측에 있던 그림, 이른바 사만다의 첫 번째 애인이었던 자의 얼굴이 바로 지금 보이는 미청년의 얼굴이었다.

모든 마력적인 매력의 원천이라 할 수 있는 마왕. 그의 이름은 유레아즈였다. 무혼은 싸늘히 웃었다.

'이곳 파티에 마왕이 나타날 줄은 몰랐는데 뜻밖이군.'

그가 적극적으로 공격을 해 올 거라는 말에 마음의 대비는 하고 있었지만 설마 이렇게 빠르게 조우하게 될 줄은 몰랐다. 물론 현자 루인의 말대로라면 지금 나타난 유레아즈는 본신이 아닌 그의 분신이리라.

그런데 파티를 즐기는 마족들과 상귀족들 중 누구도 유레아즈의 존재를 눈치채지 못했다. 유레아즈뿐 아니라 그를 수행하는 최상급 마족과 로아탄의 존재도 마찬가지였다.

유레아즈 등은 파티장 안을 걷고 있었지만, 마족들과 상귀족들의 시야 밖에 있었다. 언뜻 같은 공간인 듯 보이지만 실은 결계를 통해 전혀 다른 공간에 있기 때문에 벌어지는 일이었다.

그러나 무혼은 이미 그들을 발견했다. 유레아즈 또한 무혼이 자신을 발견한 것을 알고 있는 듯 기이한 미소를 보냈다.

"용자여! 매우 늦었군. 그대를 기다리느라 지루해 죽는 줄 알았다네."

"날 기다리고 있었나?"

"물론이야. 난 그대가 좀 더 빨리 이곳으로 찾아올 줄 알았는데 알고 보니 별 쓸데없는 짓을 다하고 있더군."

유레아즈는 무혼이 네하른에서 벌인 일을 이미 알고 있는 듯했다. 무혼은 피식 웃었다.

"그게 마왕에겐 쓸데없는 일인지 모르지만 인간들에겐 꽤 중요한 일이거든."

그러자 유레아즈의 표정이 다소 기괴하게 변했다. 그는 무혼이 자신을 보고서도 그다지 놀란 기색이 없다는 것에 내심 어이가 없었던 것이다.

마왕이 누구인가?

차원의 바다에서 아주 특별한 일부 존재들을 제외하면 마왕은 그야말로 공포의 대명사다. 누구든 마왕과 마주치기는커녕 그저 그 이름만 들어도 두려워 떨어야 정상이 아닌가. 설령 용자라 해도 말이다.

유레아즈는 지금껏 적지 않은 용자를 만나 봤고 그들을 죽여 봤지만 무혼과 같은 이는 한 명도 없었다. 물론 그에게 죽은 용자들 중에서도 유레아즈를 두려워하지 않고 당당히 맞서 싸운 이들도 있었지만, 지금의 무혼처럼 초연한 표정을 짓는 이는 없었다. 무슨 지나가는 오크를 보는 것과 다를 바 없는 표정이라니.

"그대는 내가 마왕인 걸 알면서도 두렵지 않은 건가? 나는 너 따위 풋내기 용자쯤은 얼마든지 죽일 수 있는 능력이 있지. 이를테면 이런 식으로 말이야."

유레아즈의 두 눈에서 가공할 기세가 뿜어져 나왔다. 그의 몸에서 흑색의 빛이 번쩍이는 순간 파티장에서 유희를 즐기던 상귀족들이 모조리 먼지로 변해 흩어져 버렸다.

마족들은 그대로 두고 인간들만 단번에 죽여 버린 그의 능력은 실로 엄청나다고 할 수 있었다. 그런데 바로 그 순간, 무혼이 어깨를 으쓱하며 말했다.

"어차피 모조리 처리하려고 했는데 수고를 반이나 덜어 줘서 고맙군. 나머진 내가 처리하지."

유레아즈가 뭐라고 대답을 할 사이도 없이 무혼이 손을 슬쩍 흔들었다.

파스스스—

그러자 그 즉시 파티장에 남아 있던 마족들이 모조리 가루로 변해 흩어져 버렸다. 그 모습에 경악하는 표정의 유레아즈를 향해 무혼이 싸늘히 웃으며 말했다.

"이 정도면 답례는 충분히 한 것 같은데, 그렇지 않나?"

유레아즈가 인상을 일그러뜨리며 무혼을 노려봤다.

"답례로는 너무 과분한 것 같구나. 하찮은 인간 따위와 고귀한 마족의 피가 같다고 생각하는가?"

"그렇게 생각한다니 유감이군. 어쨌든 이제 우리끼리 붙어 보는 게 어때? 마왕과 용자가 만났는데 달리 말이 필요하겠나?"

스릉.

무혼이 검갑에서 검을 빼 들고 성큼 앞으로 걸어가자 유레아즈가 한 손을 급히 흔들었다.

"잠깐 기다려 봐라! 뭐가 그리 성급하느냐?"

"내게 할 말이 있나 보군."

무혼이 묻자 유레아즈가 키득거리며 고개를 끄덕였다.

"물론이다. 그렇지 않았다면 내가 왜 아직까지 네 녀석을 살려 두었겠느냐? 번거롭게 이곳에 오지 않아도 너 따위 녀석 하나를 없애는 것쯤은 아주 간단한 일이란 말이야."

무혼은 픽 웃었다.

"그래서. 어디 계속 지껄여 봐라."

순간 유레아즈의 두 눈에서 섬뜩한 광망이 뿜어져 나왔다.

"크큿! 날 더러 지껄여 보라니. 세상에 너처럼 겁 없는 놈은 처음 보는구나.”

“그동안 겁쟁이들만 만나 봤나 보군.”

“그랬을지도 모르지. 네놈을 보니 지금껏 만난 놈들은
다 겁쟁이들이 분명해. 아무튼 마음에 든다. 내 부하가 되
는 게 어떠냐?”

“나보고 마왕의 부하가 되라?”

무혼이 어이없다는 표정을 짓자 유레아즈가 씨익 미소를
지었다.

“나는 아무에게나 이런 말을 하지 않는다. 그냥 강제로
복종시켜 권속으로 만들면 간단하기 때문이지. 다시 말해
지금처럼 부하가 되라고 제의하는 건 아주 드문 경우야. 하
지만 너는 그만한 자격이 있다. 따라서 특별 대우를 해 주
마.”

“특별 대우?”

“나의 부하가 되면 너뿐 아니라 네가 속한 이로이다 대
륙도 무사하게 될 것이다. 또한 하스디아 대륙과 이곳 누베
스 대륙도 너의 관할 하에 두어 내가 간섭하지 않겠다. 이
정도면 정말 파격적인 조건 아니냐?”

“고작 그게 파격적인 조건인가?”

무혼이 시큰둥히 대꾸하자 유레아즈는 인상을 확 찡그렸
다.

"그 정도면 충분히 너의 입장을 고려해 주었다 생각하는데, 혹시 또 뭐 원하는 게 있느냐? 내가 수용할 수 있는 부분이라면 들어 주도록 하지. 너만 한 용자를 부하로 얻기란 쉬운 일이 아니니까."

"배려는 고맙지만 사양하겠다. 용자가 어찌 마왕의 부하가 될 수 있겠나?"

"쯧! 마왕이라고 나쁘게만 생각하지 마라. 다 필요하니까 존재하는 것 아니겠느냐? 차원의 바다에 마왕이 수도 없이 많은 것도 다 이유가 있는 것이란다."

"헛소리로 들리는군."

"빌어먹을! 그렇게 너무 팍팍하게 살아서 좋을 것 없다 하지 않았느냐? 솔직히 용자가 아무리 잘나 봤자 마왕들이나 정령왕들 앞에서는 아무것도 아니야. 적당히 날뛰었으면 이제 그만 실속을 챙기는 게 어떠냐? 지금까지 얻은 거나 잘 챙기며 사는 게 현명한 일이야."

무혼은 검을 앞으로 슥 내밀며 외쳤다.

"다 지껄였느냐? 넌 그냥 내 손에 죽어줘야겠어. 노지즈 해역에 마왕 따윈 필요 없거든."

"크큿! 역시 좋은 말로 해서는 안 될 놈이군."

유레아즈의 두 눈에서 검붉은 광망이 번뜩였다. 동시에 그의 왼쪽에 있던 최상급 마족 바가모르가 번개처럼 무혼의 앞으로 날아들었다.

"건방진 놈! 감히 유레아즈 님께 무례를 범했으니 죽어 마땅하다."

인간 사내의 형상을 하고 있던 바가모르의 모습은 무혼의 지적에 이르렀을 때 거대한 사마귀 형상으로 변해 있었다. 마족이면서 어지간한 로아탄보다 강력한 능력을 지닌 유레아즈 마왕군의 군단장 중 하나인 바가모르가 본체를 드러낸 것이다.

스컥!

그러나 실로 허무하게도 그는 무혼이 가볍게 휘두른 일검(一劍) 아래 반쪽이 나 널브러졌다. 무혼의 신형은 바가모르를 쓰러뜨리자마자 앞으로 번쩍 이동했고, 그대로 유레아즈를 향해 돌진했다.

"흥! 감히!"

순간 유레아즈의 우측에 있던 로아탄 팔레나스가 창을 들고 무혼을 막아섰다. 그녀는 무혼이 휘두른 검격을 가볍게 받아낸 후 창을 휘둘렀다.

번쩍! 번쩍……!

뇌전처럼 몰아치는 광채들! 무혼을 향해 수십여 개의 극강기로 이루어진 창강이 날아들었다. 무혼 역시 극강기의 검강으로 그것을 막았다.

우르르르! 콰콰콰쾅!

가공할 위력의 극강기들이 격돌하며 폭발하자 주변의 공간들이 일그러져 버렸다. 수백 개의 커다란 방으로 이루어졌던 파티장은 물론이요, 마족들이 거하던 마궁 전체가 가루로 변해 흩어졌다.

콰지지지직! 쿠콰콰콰쾅!

천지가 개벽하는 듯한 난리가 벌어졌지만 무혼과 팔레나스, 그리고 뒤쪽에서 담담히 둘의 결투를 지켜보는 유레아즈에게는 아무런 여파도 미치지 않았다.

사실 들끓는 용암 속이건 차가운 우주 공간이건, 이미 이들 모두는 웬만한 공간에는 얽매지 않는 경지에 이르러 있었다.

그러다 보니 무혼과 팔레나스의 결투 장소는 지하에 위치한 마궁에서 누베스 대륙의 까마득한 상공으로 이동한 터였다.

번쩍! 스파파팟—

콰콰쾅! 콰르르르르!

로아탄 팔레나스는 무려 7개나 되는 힘의 근원을 가진 존재로, 그녀의 능력은 마왕 유레아즈에 버금갈 정도다. 그런 그녀의 공격을 무리 없이 받아내고 있는 무혼의 능력에 팔레나스는 충격을 금치 못했다.

'어찌 이럴 수가! 한낱 인간 따위의 능력이 나와 비등하다니 믿을 수 없구나.'

사실 그녀는 파티장에서 무혼을 본 순간 이보다 더한 충격을 받았다. 그것은 그녀가 까마득한 옛날 유레아즈를 보며 느꼈던 충격 이상이었다.

당시 유레아즈에게서 느꼈던 기이한 매력 앞에 가디언으로서의 운명을 느꼈고, 그 후로 당시 오르덴의 노예로 있던 유레아즈를 구출해 주었고 지금껏 그를 보좌해 노지즈 해역의 패자(覇者) 중 하나로 만들었던 그녀였다.

그런데 방금 전 마궁의 파티장에서 무혼을 본 순간 그로부터 발산되는 기이한 매력은 상상을 초월했다. 한번 주인을 결정한 가디언의 마음은 절대 흔들리지 않는다는 절대 맹약의 충성심이 뒤흔들릴 정도로 그녀는 새로이 나타난 인간 용자에게 반해 버렸다.

도대체 왜 그런 느낌이 들었던 것일까? 이유는 그녀도 모른다.

만일 그녀의 흔들리는 마음을 유레아즈가 알았다면 무척 분노하다 못해 상심했으리라. 팔레나스는 유레아즈에게 단순한 가디언 이상의 존재였으니까.

그러나 흔들리는 마음과 달리 팔레나스는 유레아즈의 가디언으로서의 임무를 충실히 이행했다. 어쨌든 유레아즈는 그녀의 운명이었다. 또한 그를 위해 죽는 것이 그녀의 사명이었다.

'위험한 자야. 유레아즈 님을 위해서라도 저자를 지금 반드시 제거해야 해.'

팔레나스는 혼신의 힘을 다해 무혼을 공격하기로 했다. 로아탄으로서 가진 모든 힘이 그녀의 창법에 녹아든 터. 검사로 치면 이미 그랜드 마스터의 경지조차 몇 단계 초월한 그녀의 최후의 창법!

한때 유레아즈가 악명 높은 피라타 전함대로 인해 위기에 처한 적이 있었다. 그 당시 유레아즈는 오랜 노예 생활로 인해 제대로 기력을 회복하지 못했을 때였는데, 하필이면 수십 척으로 이루어진 피라타 전함대와 조우하고 만 것이다.

그때 유레아즈에게는 작은 함선 한 척뿐이었고, 그의 옆에는 팔레나스와 소수의 마족만이 있었다. 그런 상황에 악명 높은 피라타 함대와 조우했으니, 그것도 그의 기력이 회복되지 않았을 때라 대항할 방법이 없었다.

바로 그때 팔레나스가 나섰고 하나의 절초를 펼쳤다. 놀랍게도 그 가공할 위력 앞에 피라타 전함대 수십 척이 단번에 차원의 바다에 수몰되어 버렸다.

그 가공할 일격은 그녀가 가진 힘의 근원 중 여섯 개를 스스로 희생해 펼치는 그야말로 최후의 절초였다. 다시 본래의 힘을 회복하는 데까지 무척 오랜 시간이 걸리는 만큼 최악의 상황이 아니면 절대 펼치지 않는 것이었다.

지금 바로 그 무적의 초식이 펼쳐진 것이었다. 어쩌면 흔들리는 마음을 바로잡기 위해서인지도 모르겠지만. 팔레나스는 그녀가 가진 최후의 힘까지 쏟아냈다.

콰쾅! 콰아앙! 콰콰쾅!

힘이 근원들이 부서지는 소리가 뇌성처럼 울려 퍼짐과 동시에 갑자기 사방이 캄캄해졌다. 잠시 후 전방에서 찬란한 광채가 생성되더니 그로부터 빛줄기들이 무수히 뻗어 나왔다.

번쩌쩍……!

휘파파파파팟—

새하얀 극강기의 광채들이 방대한 공간을 점하며 돌풍처럼 휘돌았고 그것의 중심에 무혼이 있었다.

극강기의 폭풍! 그것은 무혼과 무혼이 있던 공간을 갈기갈기 찢어버렸다.

쿠아아아아! 콰콰콰콰쾅—!

설사 마왕투함급 함선이라 할지라도 이것에 휘말리면 가루로 변해 버린다. 어지간한 마왕들도 감히 받아낼 엄두를 내기 힘들 것이다. 뒤에서 지켜보던 유레아즈 역시 가슴이 서늘해질 정도였으니까.

따라서 그는 무혼이 극강기의 폭풍 속에서 가루로 변하다 못해 소멸되었을 것이라 확신했다.

그러나 잠시 후 폭풍이 걷히고 드러난 전방의 공간에는 무혼이 처음 있던 그 자세 그대로 오연히 떠 있었다. 그는 안색이 다소 창백해져 있을 뿐 별다른 부상도 입은 것 같지 않았다.

유레아즈와 팔레나스의 두 눈이 커졌다. 그들의 눈빛은 경악으로 물들어 있었다. 특히 팔레나스는 충격이 이만저만이 아니었다.

“미…… 믿을 수 없어. 어떻게 그걸 받아냈단 말이냐?”

그러자 무혼이 차갑게 웃으며 왼팔을 앞으로 쭉 뻗었다.

“후후, 제법 멋진 한 수였다. 대접을 받았으니 나도 돌려줘야겠지.”

순간 앞으로 뻗은 무혼의 왼손 끝에 흑색의 거대한 검이 생겨났다. 마치 암흑으로 만들어진 것 같은 흑색의 그 검이 돌연 산산조각 나더니 수백 개의 작은 검들로 변했다.

‘저, 저것은!’

팔레나스의 표정이 급변했다. 수백 개의 흑색 검은 놀랍게도 극강기들이었다. 그것들은 일정한 진형을 이루며 거친 파도처럼 날아왔다.

쿠우우우우우—!

그 극강기의 검들이 형성한 폭풍! 그것은 팔레나스가 스스로 힘의 근원들을 희생하며 펼쳐낸 최후의 절초를 능가하는 위력이었다. 설령 멀쩡한 상태라 해도 그녀는 그것을 막아낼 방법이 없을 것이다.

그럴 수밖에! 지금 극강기들이 형성한 것에는 단순한 검법의 초식만이 아니라 주술의 힘까지 깃들어 있기 때문이었다.

그러다 보니 경악에 잠긴 것은 팔레나스뿐이 아니었다. 유레아즈 역시 두 눈을 부릅떴다.

'크으! 극강기로 주술진을 펼치다니. 저게 과연 인간이라는 말인가?'

주술의 극의에 이르지 않으면 흉내조차도 낼 수 없는 무서운 공격이었다. 물론 유레아즈 역시 지금 무혼이 펼친 정도는 가능했다. 그러나 그것은 마왕이니까 가능한 것이다. 마왕이 아닌 인간의 주술이 그 정도 수준에 이르기란 불가능한 일이 아닌가.

그런데 그러한 고정관념을 무혼이 깨뜨려 버렸다. 유레아즈는 무혼이 가진 능력이 자신 못지않음을 비로소 깨달았다.

아니, 엄밀히 말하면 무혼이 약간 위인지도 모른다는 생각에 그는 소름이 끼쳤다. 방금 전 팔레나스의 공격을 받아내고도 이만한 공격을 펼쳐냈다는 것이 그것을 증명했던 것이다.

'정말로 위험한 놈이다. 저놈을 죽이지 않으면 언제고 무슨 끔찍한 일이 벌어질지 모르겠군.'

유레아즈는 무혼을 부하로 삼겠다는 생각을 버렸다. 무혼은 그가 수용할 수 있는 수준의 용자가 아니었다. 반드시 없애지 않으면 마왕인 자신의 목을 날려 버릴 천적과 같은 존재로 성장할 수도 있었다.

문제는 지금 그가 전력을 다한다 해도 무혼을 이기기가 쉽지 않다는 점이었다. 그렇다 해도 보통의 마족이나 로아탄이었다면 기를 쓰고 무혼에게 덤벼들었겠지만 유레아즈는 달랐다.

유레아즈는 자신이 이길 수 있는 싸움이 아니면 하지 않는다. 승산 없는 싸움을 그저 자존심을 앞세워 하는 것은 풋내기 마왕이나 하는 짓일 뿐, 그렇게 감정대로 행동하기에 그가 걸어온 삶이 너무 험악했다.

이는 본신이 아닌 분신 상태라도 마찬가지였다. 분신이라 할지언정 소멸이 되면 본신에도 적지 않은 타격을 주기에 쓸데없이 분신을 희생시키는 건 어리석은 짓이었다.

또한 그는 반드시 팔레나스를 살려야 했다. 오랜 세월 그에게 충성을 바친 최고의 가디언을 잃고 싶지 않았기에.

"촤악! 촤아악―!

곧바로 유레아즈의 양손에서 흑색의 광선과 같은 빛들이 무수히 쏟아져 나왔다. 그것은 그대로 무혼이 형성한 극강기의 주술진과 충돌했다.

"콰르릉! 쿠콰콰콰―콰쾅―!

천지가 붕괴되는 듯한 굉음들이 연이어 울렸다. 어느덧 어지럽게 몰아치던 극강기들은 흔적도 없이 사라져 버렸다.

"으윽! 과연 마왕답군. 그걸 받아낼 줄은 몰랐는데 말이야."

무혼이 인상을 찡그렸다. 그의 입가에서는 피가 흐르고 있었다. 유레아즈 역시 끝이 뭉개진 두 손을 힘겹게 복원시키며 쓰게 웃었다.

"크훗……! 놀랍군. 정말 보면서도 믿기지 않는구나. 하나 그래 봤자 네놈은 결국 나의 상대가 되지 못한다. 오늘은 이만 물러가지만 조만간 네놈을 반드시 죽여 주마."

그러자 무혼이 입가의 피를 닦으며 싸늘히 말했다.

"비겁하게 도주할 생각인가 보군. 여기서 끝장을 보는 게 어떠냐?"

유레아즈가 입가를 비틀며 웃었다.

"큭……! 조만간 끝장을 보게 될 텐데 무얼 그리 서두르는 것인가?"

그 말이 끝남과 동시에 유레아즈의 몸이 흐릿해지더니 사라져 버렸다. 팔레나스 역시 마찬가지였다. 마치 애초부터 그들이 존재하지 않았던 것처럼 흔적 자체도 느껴지지 않았다.

'마왕궁으로 귀환한 것인가?'

유레아즈가 도주했지만 무혼은 의외로 담담한 기색이었다. 본래라면 분해해야 마땅하지만 오히려 입가에 의미심장한 미소까지 짓고 있었다.

무혼이 살막에서 살객 훈련을 받던 중 배웠던 교훈에 자신의 능력의 3할은 절대 내보이지 말고 숨기라는 것이 있었다.

대체 왜 스스로의 능력을 숨겨야 할까?

자신의 능력을 숨긴다는 것은 생각처럼 쉬운 일은 아니다. 특히나 생사가 오가는 결투라면 더더욱.

그러나 그것은 살객으로서의 생존을 위해서는 반드시 지켜야 할 절대 규칙과 같았다. 그리고 무혼은 3할 정도가 아닌 9할까지 숨기는 데 익숙했다. 외부에 내보이는 건 아주 일부일 뿐, 대부분의 능력은 철저히 감추어 버렸다. 그렇지 않았다면 당시 살막에서 탈출하기란 불가능했을 것이다.

그렇게 굳어진 습관 덕분일까? 무혼은 마왕 앞에서도 자신의 능력을 자연스레 숨겼다. 일부러 그와 비등한 정도의 능력만 내보였고, 심지어 부상을 당한 듯 연기까지 완벽하게 해냈다.

그 이유는 유레아즈의 본신이 아닌 분신을 죽여 봤자 별다른 의미가 없기 때문도 있었고, 동시에 유레아즈가 총력전을 펼치도록 유도한 것도 있었다.

그래야 전쟁이 빨리 끝날 테니까.

만일 무혼이 유레아즈가 도저히 어찌할 수 없을 만큼 압도적인 능력을 내보이며 그의 분신을 해치워 버렸으면, 그는 겁을 먹고 무혼이 찾을 수 없는 은밀한 곳으로 숨어들어 버릴 것이다.

'가능한 한 이 지루한 싸움을 빨리 끝내는 게 좋겠지.'

그보다 이제 이 누베스 대륙을 완전히 접수하는 일이 남았다. 무혼과 팔레나스가 벌인 격전의 여파로 인해 마궁이 부서져 버린 상황이지만 그래도 혹시 다크 포탈의 잔재가 남아 있을지도 모른다.

곧바로 무혼은 마궁이 있던 곳으로 돌아왔다. 마궁은 완전히 폐허로 변했지만 곳곳에 암흑 마기가 뭉쳐 떠다니고 있었다. 바가모르를 비롯한 마족들이 죽으며 남긴 것들이었다. 그것들은 무혼이 다가오자 마치 자석처럼 날아들었다.

후읍!

무혼은 마기를 모조리 흡수한 후 다크 포탈을 완벽하게 제거했다. 이로써 마왕 유레아즈 제43 마계였던 누베스 대륙은 용자 무혼의 세계로 병합되었다.

화아아악!

곧바로 찬란한 빛무리가 일어나며 다크 포탈이 있던 주변의 지형이 바뀌기 시작했다. 누베스 대륙과 이로이다 대륙이 연결되는 순간이었다.

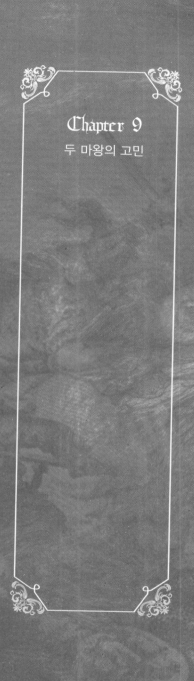

Chapter 9
두 마왕의 고민

　"크으윽! 하찮은 인간 놈 따위가 그토록 강하다니, 도무지 믿을 수 없군."

　마왕궁으로 돌아온 유레아즈는 분노에 휩싸여 있었다. 처음 이로이다 대륙에 용자가 나타났다고 했을 때만 해도 그저 흥미롭게 생각했을 뿐이다. 심지어 그가 자신의 딸인 리디아를 죽였을 때에도 물론 분노는 했지만 별다른 걱정 따위는 하지는 않았다.

　그는 마왕이니까. 그따위 풋내기 용자 정도는 언제든 쉽게 죽일 수 있다 생각했던 것이다.

　그러다 하스디아 대륙이 그 용자의 손에 떨어졌다는 보

고를 받은 이후에는 생각이 바뀌었다. 그 정도 능력을 가진 용자라면 죽이기보다는 부하로 삼을 만한 가치가 있었으니까.

그래서 그가 직접 나섰다. 그것도 최강의 가디언인 팔레나스와 함께. 물론 용자와 싸우려는 것이 아니라 압도적인 능력을 보여 주어 굴복시키는 것이 목적이었다.

그러나 믿을 수 없게도 유레아즈는 패배하고 말았다. 물론 아직 직접적으로 맞붙은 것은 아니지만 용자 무혼은 유레아즈가 일대일로 겨루어 이길 수 있는 상대가 아니었다.

차라리 처음부터 팔레나스와 함께 협공을 가했다면 조금이나마 승산이 있었을지도 모르지만, 혼자서는 아무리 생각해 봐도 무리였다.

'팔레나스가 모든 힘을 회복할 때까지 놈과 다시 맞붙으면 안 된다. 하지만 과연 내가 팔레나스와 함께 협공을 한다고 놈을 이길 수 있을까?'

유레아즈는 고민에 빠졌다. 아무리 봐도 그렇게 했을 때 승산은 반반이었다. 승산을 높이려면 휘하의 모든 가디언들을 총동원해 총력 공격을 가해야 할 것이다.

하지만, 만일 그렇게 해서 승리를 한다고 치자. 그때가 되면 유레아즈의 세력은 8할 이상이 사라져 버릴 가능성이 농후했다. 팔레나스를 비롯한 가디언들도 대부분 죽을 것이다.

'으음! 그렇게 되면 콘딜로스 놈이 가장 좋아하겠지.'

노지즈 해역에 존재하는 또 다른 마왕인 콘딜로스. 그는 유레아즈의 세력이 약해지는 것을 확인하는 즉시 공격을 해 올 것이다. 그것은 아주 당연한 일이었다. 만일 반대의 상황이라면 유레아즈 역시 그렇게 할 테니까.

따라서 유레아즈는 골치가 아팠다. 그렇다고 용자 무혼을 그대로 둘 수도 없는 일이다. 그는 지금도 계속해서 유레아즈의 마계를 공격해 오고 있는 상황 아닌가.

'이대로는 안 돼. 어쩔 수 없이 콘딜로스 놈과 손을 잡아야겠군.'

콘딜로스 역시 그의 아들 중 하나가 용자 무혼에게 희생된 상황이니 기꺼이 손을 잡을 것이다. 설사 그런 일이 없다 해도 용자는 마왕들에게 있어서는 공동의 적이니 충분히 협력할 여지가 있었다.

'결정했다면 망설일 이유가 없지. 지금 즉시 가 봐야겠군.'

곧바로 유레아즈의 모습이 흐릿해지며 사라졌다.

＊　　　＊　　　＊

"크아악!"

"아악!"

비명이 난무하는 어둠 속. 먹장구름이 가득한 하늘엔 섬뜩한 핏빛 달의 일부만 모습을 드러내고 있었다. 그 아래서 벌어지고 있는 끔찍한 살육의 현장. 그것은 한 거대한 괴수에 의해 자행되는 중이었다.

소의 머리에 오우거의 몸체를 가진 괴수!

그러나 그 괴수의 덩치는 보통의 오우거에 비할 수 없이 거대했다. 신장의 크기만 오우거의 열 배 이상 됨직한 이 기괴한 괴수의 정체는 과연 무엇이란 말인가?

으적으적! 쩝쩝……!

괴수는 발로 짓밟아 죽인 엘프들의 시체 조각들을 손으로 잔뜩 집어 입에 넣고는 마구 씹어 먹었다. 한 입에 수십여 명의 엘프 시체들을 쑤셔 넣고 씹어대는 장면은 보기만 해도 참혹하기 그지없었다.

"큭! 여전하군."

그때 어디선가 서늘한 음성이 울려 퍼졌다. 그러나 괴수는 별달리 놀란 기색이 없이 여전히 먹는 데 집중했다. 그의 눈빛은 흉광으로 번뜩이며 바닥에 널브러진 시체들을 살폈다.

그러다 그중 하나가 아직 죽지 않고 살아 움직이는 모습을 발견하자마자 그것을 덥석 움켜쥐고는 산채로 입에 넣어 버렸다.

으적! 우드득!

"크아아악!"

괴수의 입속에서 뾰족한 비명성이 일어났다가 이내 잠잠해졌다.

으적으적! 짭짭!

괴수는 다시 한 움큼 시체들을 들어 입에 넣었고 그렇게 다시 먹는 것에 열중했다. 그것은 그가 자행한 살육의 흔적이 모두 사라질 때까지 계속되었다.

잠시 지났을까? 놀랍게도 산처럼 쌓여 있던 엘프의 시체들이 모두 사라졌다. 괴수가 모조리 먹어치운 것이다. 강물처럼 흐르던 핏물들은 땅속으로 스며들어 흔적도 없었고, 주변은 본래의 삭막한 황무지로 돌아왔다.

"꺼억! 그나저나 여긴 무슨 일이냐 유레아즈?"

괴수는 길게 트림을 하더니 날카로운 손톱으로 이빨 사이에 끼인 살점들을 털어 내며 허공의 한쪽을 향해 불쑥 외쳤다. 그러자 허공에서 다시 음성이 들려왔다.

"망할! 기다리느라 지루해 죽는 줄 알았군. 오랜만에 친구가 왔는데 먹는 데 정신이 팔려 기다리게 하다니 말이야."

"크크큭! 별소리를 다 하는군. 네놈은 내가 원래 이런 놈인 걸 몰랐느냐?"

"알고 있다. 특히 네놈은 먹을 때 말 시키는 걸 가장 싫어한다는 것도. 예전에 그것 때문에 한바탕 싸우지 않았느냐, 이 빌어먹을 마왕 놈아!"

투덜거리며 나타난 이는 다름 아닌 마왕 유레아즈였다. 그리고 소머리 형상의 거대 괴수가 그와 더불어 노지즈 해역을 양분하고 있는 마왕 콘딜로스였다.

"우라질! 누가 보면 네 녀석은 마왕이 아닌 줄 알겠군. 어쨌든 시비 걸러 온 게 아니라면 빨리 용건이나 말하고 꺼져라. 재수 없는 네놈의 모습을 보니 방금 먹은 점심이 넘어오려고 한단 말이야. 어디 할 게 없어서 그따위 하찮은 인간의 모습을 하고 있는 건지. 퉤!"

설마 그럼 조금 전 그 학살과 살육의 현장이 그의 점심을 위한 것이었단 말인가? 그보다 콘딜로스는 유레아즈가 인간 미청년의 모습을 하고 있는 것이 영 마음에 들지 않는 듯했다. 유레아즈는 인상을 찌푸렸다.

"쯧! 어째서 너는 수만 년이 지나도 변하지를 않는 것이냐? 인간이 비록 하찮긴 하지만 적어도 그들의 외모는 차원의 바다에 있는 모든 종족들의 표준이 되고 있는 이유를 모른다는 말이냐? 미적으로 인간처럼 완벽한 형상은 존재하지 않는다는 것은 이미 고대에 오르덴들이 증명해 놓았다."

"염병! 헛소리 지껄일 거면 당장 꺼져라. 크크크! 그러고 보니 오늘 저녁은 모처럼 인간 놈들을 잡아다 먹어야겠군. 미적 표준인지 지랄인지는 모르지만 먹는 맛은 인간만 한 게 별로 없단 말이지. 방금 먹은 엘프 고기는 너무 연하기만 해서 맛이 없어. 금세 질리거든."

유레아즈가 한숨을 내쉬었다.

"점심을 먹은 지 얼마 됐다고 또 저녁 타령인가? 아무튼 중요한 용건이 있어서 왔으니 그따위 지저분한 짐승 형상이 아닌 편한 모습으로 변하는 게 어떠냐?"

"중요한 용건이라? 좋아. 그럼 변해 주지."

순간 콘딜로스의 거대한 몸체가 순식간에 작아지더니 30대의 덩치 큰 사내의 모습으로 화했다. 푸른 머리에 붉은 눈, 들창코에 구레나룻 가득 복슬복슬한 털을 가진 사내의 얼굴은 돼지를 연상케 했고 인상도 험악하기 그지없었다. 유레아즈가 혀를 찼다.

"썩을! 기왕이면 보기 좋은 모습으로 변할 것이지."

"보기 좋은 모습? 그럼 인간 여자로 변해 주리? 아니면 엘프 여자?"

유레아즈는 흠칫 놀라며 고개를 흔들었다. 콘딜로스의

미적 감각으로 만들어 낸 여자라? 과연 눈뜨고 봐줄 수 있을지 의문이다. 자칫 협력이고 자시고 주먹이 먼저 날아갈지도 모를 일이었다.

"관둬라. 나는 지금 네놈과 싸우러 온 게 아니니까."

"크크! 그럼 어서 용건이나 말해라. 지난 수천 년 동안 코빼기도 안 보이던 놈이 갑자기 나타난 이유가 뭐냐?"

"노지즈 해역에 골치 아픈 놈이 나타났어. 너도 알고 있을 것이다. 용자 무혼이라는 놈 말이야."

순간 콘딜로스의 두 눈에 붉은 흉광이 번쩍였다.

"으득! 그 씹어 먹을 놈을 내가 왜 모를까? 그렇지 않아도 그놈은 내가 제대로 손을 볼 생각이니 네놈은 건드리지 마라."

"그놈 쉽게 볼 놈이 아니야."

"쉽게 못 봐? 그깟 풋내기 용자 놈이 무슨 대단한 능력이라도 있다는 거냐?"

"내 말 진지하게 들어라, 콘딜로스! 자칫하면 정말로 돌이킬 수 없는 일이 벌어질 수도 있어. 우리 생존이 걸린 문제라는 말이다."

"생존이라……."

콘딜로스는 흠칫 놀랐다. 그는 유레아즈가 결코 허튼소리를 하지 않는다는 사실을 잘 알고 있었다. 하물며 무려 수천 년 만에 찾아와 필요 없는 말을 할 이유는 더더욱 없으리라. 그의 눈빛이 이내 차갑게 가라앉았다.

"그게 무슨 소리지? 어디 내가 납득할 수 있게 설명해 봐라."

"말보다는 이걸 보면 이해가 될 것이다."

스슥.

유레아즈가 오른손을 들더니 허공을 향해 가느다란 집게 손가락을 휘저었다. 그러자 허공에 거대한 물방울이 생겨났다.

"놈이 싸우는 장면을 잘 봐라."

놀랍게도 유레아즈가 만들어 낸 거대한 물방울 속에는 무혼이 팔레나스와 격전을 벌이던 장면이 그대로 재생되고 있었다.

유레아즈의 가디언 중 최강이라 불리는 팔레나스와 용자 무혼의 결투! 그것은 마왕 콘딜로스가 보기에도 가슴이 철렁할 만큼 가공했다. 그는 입을 쩍 벌렸다.

'크으! 저럴 수가! 저런 말도 안 되는!'

사실 콘딜로스는 휘하 가디언의 숫자가 유레아즈보다 몇 배 이상 많았지만, 그에게는 팔레나스처럼 강력한 가디언은 없었다. 그래서 항상 팔레나스처럼 든든한 로아탄을 가디언으로 둔 유레아즈를 부러워했다.

팔레나스는 콘딜로스가 전력을 다해야 간신히 이길 수 있을 정도로 무서운 능력을 지닌 로아탄이었기 때문이다. 그런데 그런 팔레나스를 압도적으로 몰아붙이는 자라면 콘딜로스 역시 그와 싸워 이긴다는 보장이 없었다.

"어떠냐? 이제 내가 왜 이곳에 왔는지 알겠느냐?"

유레아즈가 콘딜로스를 노려봤다. 콘딜로스는 인상을 확 찌푸리며 고개를 끄덕였다.

"그러니까 너는 지금 나와 손을 잡자고 온 것이군."

"물론이다. 저 용자 놈을 그대로 두면 노지즈 해역에서 우리가 설 곳이 없어진다. 우리가 또 거처 없이 차원의 해역을 방랑하고 싶지 않다면 놈을 반드시 죽여야 한다."

"좋아. 못 할 것 없지. 그런데 말이야."

콘딜로스가 일순 기이한 표정을 지었다. 유레아즈는 콘딜로스가 단순해 보여도 매우 음흉하다는 것을 잘 알고 있었다. 그건 당연하다. 그 역시 온갖 사악한 계략의 원천이라 할 수 있는 마왕이니까.

"우리가 기왕 손을 잡기로 한 것, 이참에 노지즈 해역을 완전히 장악해 버리는 것이 어떠냐? 말이 나와서 하는 말이지만 이제 노지즈 해역에서 우리를 당할 만한 존재는 없으니 말이야."

"어디 계속 말해봐라."

유레아즈는 흥미를 보였다. 사실 콘딜로스의 말은 틀리지 않았다. 진작에 두 마왕이 손을 잡았다면 노지즈 해역의 정령왕들은 물론이요, 변방 다섯 개의 세계를 휘어잡고 있는 피라타들도 발을 붙이지 못했을 테니까.

그 모든 일은 유레아즈와 콘딜로스가 서로를 견제하면서 벌어진 일이라 할 수 있었다. 그리고 사실 그것은 당연한 일이었다.

아주 특별한 경우가 아니라면 마왕들이 손을 잡는 경우란 극히 드물었다. 마왕이 가진 자부심과 자존심이 그것을 허락하지 않기 때문이었다.

사실 진작부터 유레아즈와 콘딜로스는 서로 손을 잡으면 노지즈 해역에 있는 귀찮은 존재들을 털어버릴 수 있음을 잘 알고 있었지만, 자존심 때문에 둘 중 누구도 먼저 손을 내밀지 않았다.

그렇게 상대방이 먼저 손을 내민다면 받아줄 용의는 있는 상태로 오랜 세월이 흘렀는데, 오늘 유레아즈가 불쑥 나타나 협력 제의를 했으니 콘딜로스로서는 자존심을 크게 챙긴 것이라 볼 수 있었다.

그러다 보니 그는 의기양양한 표정을 짓고 있었고, 유레아즈는 내심 자존심이 상했지만 그것을 겉으로 내색하지 않을 뿐이었다.

그때 콘딜로스가 말을 이었다.

"그러니까 이참에 그 보기 싫은 정령왕 녀석들과 피라타 놈들을 없애 버리자 이거지."

"크큿, 물론이다. 사실 네가 말하지 않았다면 내가 말했을 것이다. 용자 놈을 죽인 후에는 다른 귀찮은 놈들을 쫓아 버리는 거다. 그러면 이곳은 우리만의 마해역이 될 수 있을 거야."

마해역이라는 말에 콘딜로스의 두 눈에서 빛이 번쩍 일어났다가 사라졌다. 그의 얼굴은 상기된 기색이 역력했다. 그만큼 마해역이라는 말은 마왕에게 있어서 어떤 절대적인 목표이자 이상과 같은 것이었다.

물론 둘이 아닌 혼자만의 마해역이 되는 것이 훨씬 매혹적인 일이지만, 그것은 거치적거리는 모든 것들이 사라진 이후에 승부를 보면 될 것이다.

'지금은 잠시 네놈과 힘을 합치지만 최후의 승자는 내가 될 것이다.'

'크큿! 노지즈 해역은 장차 나만의 마해역이 될 것이다.'

두 마왕은 상대의 마음을 다 꿰고 있었다. 모든 일이 끝나면 최후의 격돌이 남아 있다는 사실을! 마왕이란 본래 그런 존재니까. 그렇지 않으면 마왕이 아닐 것이다.

그러나 기왕 힘을 합하기로 한 이상 둘은 완벽하게 하나가 되기로 결심했다. 유레아즈가 먼저 손을 내밀자 콘딜로스가 그의 손을 잡았다.

휘이이이이—!

두 마왕의 손이 맞닿는 순간 광풍이 몰아쳤다. 동시에 서로 이질적인 두 마왕의 몸체가 서로 엇갈리듯 겹치더니 급기야 하나로 합체되어 버렸다.

스스슷—

그 순간 노지즈 해역에 속해 있던 두 종류의 마계들이 하나로 통합되었다. 콘딜로스의 마왕에게 있던 65개의 세계와 유레아즈가 가진 58개의 세계들이 다크 포탈을 통해 서로 연결되며 하나의 거대 마계를 이루게 된 것이다.

츠츠츠—

이렇게 노지즈 해역에는 도합 123개의 거대한 세계를 이루는 마계가 탄생했다. 잠시 후 합체되었던 유레아즈와 콘딜로스는 다시 분리되었다. 콘딜로스가 키득거리며 말했다.

"좋아. 이제 용자를 해치우러 가볼까?"

순간 유레아즈가 의미심장한 미소를 지었다.

"그보다 내게 좋은 생각이 있다. 용자를 정령왕들이나 피라타 놈들과 먼저 붙여 보는 것이 어떠냐?"

"그게 가능한 일인가?"

콘딜로스는 구미가 당기는 표정을 지었다. 용자, 정령왕, 피라타들을 서로 싸우게 만들 수만 있다면 마왕들은 큰 희생 없이도 손쉽게 노지즈 해역을 차지할 수 있으리라.

"물론 가능하다. 일단 피라타들에게 용자의 세계들을 약탈하라고 부추기는 거지. 그건 우리가 길을 열어 주면 가능한 일이다."

"흐! 그런 방법이 있었군⋯⋯!"

콘딜로스의 입가에 득의만만한 미소가 맺혔다. 피라타들과 용자 무혼의 세계 사이에는 콘딜로스 마왕과 유레아즈 마왕이 속한 마계가 가로막고 있었다.

그런데 만일 두 마왕이 피라타들이 지나갈 수 있도록 마계의 길을 열어 준다면, 단번에 용자의 세계들이 속한 해역으로 이동할 수 있을 것이다.

물론 그동안에는 어림없는 일이었다. 마왕들이 미쳤다고 피라타들에게 마계의 길을 열어 주겠는가.

또한 둘 중 하나의 마왕이 혹시라도 그런 일을 벌였다 해도, 다른 마왕이 허락하지 않으면 피라타들이 이로이다 대륙으로 갈 수 있는 방법은 없었다. 마왕들과 전투를 벌여서 승리를 한다면 모를까 말이다.

"크흐! 그런 기막힌 방법이 있었군. 그렇다면 놈들은 먼저 용자와 맞붙을 수도 있겠군."

"거기서 용자가 피라타들에게 죽게 된다면 우리로선 환영할 일이지. 하지만 아마도 용자는 퇴각한 후 이로이다 대륙에서 최후의 일전을 준비할 것이다."

마왕들도 손쉽게 건드리기 힘든 다섯 명의 피라타들. 그들의 연합된 힘을 용자가 어찌 감당하겠는가. 누베스 대륙과 하스디아 대륙은 순식간에 피라타들의 손아귀에 들어가게 될 것이다.

콘딜로스가 다시 눈을 빛냈다.

"그렇게 되면 피라타 녀석들이 자연스레 정령왕들과 맞붙겠군. 이로이다 대륙으로 가려면 정령왕 놈들이 있는 해역을 지나가야 하니까 말이야."

유레아즈가 키득거렸다.

"특히나 피라타 놈들은 정령왕들이 가진 보물을 매우 탐내고 있다고 들었지. 놈들은 기회가 주어지면 정령왕들과 치열하게 싸울 것이다. 하지만 정령왕들도 만만치 않은 녀석들이지. 쉽게 당하지는 않을 거야."

"양패구상을 당할 수도 있겠군."

"물론이야. 바로 그때 우리가 나서서 놈들을 모조리 제거해 버린 후 마지막으로 용자 놈을 없애 버리면 노지즈 해역은 우리의 마해역으로 변하게 될 것이다."

"크크큭! 멋지군. 다만 거기에 한 가지 계획을 더 추가하는 게 좋겠다."

"어떤 계획 말이냐?"

"정령왕들과 용자를 이간질하는 거지. 그런 건 나의 특기니 내게 맡겨라. 네가 피라타 놈들과 협상을 벌이는 동안 나는 정령왕들을 도발해 용자를 공격하게 만들어 보마."

콘딜로스의 말에 이번에는 유레아즈가 두 눈을 크게 떴다. 다른 건 몰라도 이간질에 있어서는 콘딜로스를 따를 자가 별로 없었다. 유레아즈의 입가에 음침한 미소가 맺혔다.

"크큿! 정령왕들은 용자를 공격하고, 피라타들은 정령왕들을 공격하게 된다? 이거 아주 멋지게 돌아가겠는걸."

"크흐흐! 이렇게 쉽게 일이 풀릴 줄 알았으면 진작 손을 잡을 걸 그랬구나, 유레아즈."

"나 역시 동감이다. 크크큿!"

콘딜로스와 유레아즈는 서로를 마주 보며 득의의 미소를 지었다. 그들이 생각하기에 이 계획은 그야말로 완벽했다. 이제 노지즈 해역이 그들만의 마해역으로 변하는 것은 시간 문제였다.

그런데 그때 흡족한 표정으로 미소를 짓고 있던 콘딜로스가 문득 뭔가가 떠올랐다는 듯 안색을 굳혔다.

"음, 그러고 보니 한 가지 섬뜩한 소문이 있는데 혹시 너도 들었느냐?"

무슨 소문이기에 마왕 콘딜로스의 입에서 섬뜩하다는 말이 나오는 것일까? 유레아즈는 콘딜로스의 안색이 갑자기 심각하게 굳어진 것을 보고 의아함을 느꼈다. 콘딜로스가 다시 입을 열었다.

"확실치는 않지만 그자가 살아 있다는 소문이다."

"그자?"

콘딜로스가 무겁게 입을 다시 열었다.

"리가스."

"……!"

유레아즈는 순간 잘못 들은 듯했다. 리가스라니. 그것은 절대 있을 수 없는 일이었다. 그는 인상을 확 구긴 채 콘딜로스를 노려봤다.

"지금 뭐라고 했느냐?"

"리가스. 그가 살아서 돌아왔다는 소문을 들었다."

유레아즈의 안색이 사색으로 변했다.

"그럴 리가 없다. 누가 대체 그런 헛소문을?"

"아르아브 해역의 포린 항에 파견했던 내 부하가 듣고 온 소문이지. 나도 부디 헛소문이길 바라고 있다."

"당연히 헛소문이다. 그자는 죽었어."

"어쨌든 알아볼 필요는 있다. 그자가 살아 돌아왔다면

우리를 반드시 찾을 것이다. 우린 그의 충실한 부하였지 않으냐?"

"빌어먹을! 부하는 무슨, 노예였지."

유레아즈의 얼굴이 참담하게 일그러졌다. 만일 그가 나타났다면 지금 용자 무혼 따위가 문제가 아니었다. 수단과 방법을 가리지 말고 그로부터 피해 달아나야 하니까.

리가스는 다름 아닌 루치페로의 다른 이름이었다. 아는 이들만 아는 루치페로의 또 다른 이름!

타락한 용자 리가스 루치페로!

그에게 대항하기 위해 오르덴들이 연합군을 조직했고, 차원의 바다는 거대한 전쟁의 소용돌이에 휘말렸다. 당시 얼마나 많은 용자들이 죽었던가. 차원의 바다에 수장된 마왕과 정령왕들이 어디 한둘이었던가. 수많은 해역의 오르덴들과 로아탄들이 루치페로라는 이름 앞에 치를 떨었다.

유레아즈와 콘딜로스는 강제로 루치페로의 부하가 되어 그 끔찍한 전쟁에 참여해야 했다. 제342차 해전인 아이리스 해역 전투에서 루치페로가 무참히 패배했고, 그가 차원의 바다의 먼지가 되어 흩어지고 나서야 그 신세를 면하게 되었지만.

최후의 전투에서 운 좋게 살아남은 루치페로의 부하들은 모두 오르덴의 노예가 되었는데, 유레아즈와 콘딜로스도 마찬가지였다.

둘은 오랜 노예 생활 끝에 간신히 풀려났다. 유레아즈는 팔레나스라는 로아탄 가디언의 도움으로, 콘딜로스 역시 타우젠트와 아라네아라는 로아탄 가디언들의 도움으로 풀려난 것이었다.

그렇게 천신만고 끝에 노지즈 해역에 자리를 잡았고 이제 어디 가서 마왕이란 이름에 부끄럽지 않은 세력도 쌓았다. 하필이면 노지즈 해역에서 만나 경쟁적인 관계가 되었지만 어쨌든 둘의 세력은 점점 커졌고, 아르아브 해역의 오르덴 항구들에서는 특상급 단골의 위치도 얻었다. 한때는 오르덴의 노예에서 급기야 그들이 떠받드는 위치까지 오른 것이다.

이제 노지즈 해역의 골칫덩이들만 제거하면 마해역을 만드는 것도 가능한 상황인데, 까마득한 기억 속으로 사라졌던 공포의 존재가 다시 나타났다는 소문을 들으니 어찌 기분이 유쾌할 리가 있겠는가.

하지만 유레아즈는 자신이 허튼소리를 하지 않듯이, 콘딜로스 역시 쓸데없는 말을 하지 않는다는 것을 잘 알고 있었다.

"그럴 리는 없겠지만 만일 정말로 그가 살아 있다면 우리가 취할 수 있는 최선의 방법은 하나뿐이다. 그게 뭔지 아느냐, 콘딜로스?"

콘딜로스가 고개를 끄덕이며 대답했다.

"알고 있다. 이곳을 마해역으로 만드는 것이지. 그렇게 되면 해역을 은폐해 버릴 수 있으니까."

마해역이나 성해역이 되면 외부 해역으로부터 은폐된다. 마왕이나 용자가 스스로 노출시키지 않는 한 해당 해역은 차원의 바다에서 숨겨지게 된다.

물론 그렇다 해도 루치페로와 같은 자는 얼마든지 찾아올 수 있다. 그러나 숨겨져 있는 해역을 찾는 일은 상당히 번거로운 일이다. 노출되어 있는 해역들이 넘쳐나는데 굳이 그런 번거로움을 자초할 필요가 있겠는가.

다시 말해 유레아즈 등이 노지즈 해역을 마해역으로 만들기만 하면 루치페로의 마수를 피할 가능성이 매우 높아질 수 있었다. 유레아즈가 미소 지었다.

"바로 그것이다. 그러니 서둘러야 한다. 나는 지금 즉시 피라타들을 만나러 가겠다. 그사이 콘딜로스 너는 정령왕들을 도발해 용자를 공격하게 만들어라."

"그러지."

콘딜로스의 입가에도 미소가 맺혔다.

＊　　＊　　＊

노지즈 해역 피라타 해협.

다섯 개의 대륙으로 이루어진 방대한 세계!

이곳은 차원의 바다를 누비던 강력한 로아탄들이 한데 모여 자리를 잡은 곳이라 일명 피라타 해협이라고 불리기도 했다.

바람의 로아탄 뢰베, 물의 로아탄 닐페어트, 땅의 로아탄 제훈트, 불의 로아탄 포겔, 어둠의 로아탄 우스로스.

이 강력한 로아탄들은 각각의 능력이 마왕에 버금갈 정도로 강력했고, 휘하에 수많은 로아탄과 정령 부하들을 두고 있을 뿐만 아니라 서로 연합된 세력을 구축하고 있어 마왕들도 어쩔 수 없이 그들의 영역을 인정할 수밖에 없었다.

휘이이이—

이 다섯 개의 대륙 중 한 곳인 라제스 대륙의 상공에 검은 광풍이 몰아쳤다. 그리고 그곳에 오연히 나타난 한 명의 미청년. 그는 다름 아닌 마왕 유레아즈였다.

콰아아아아—

그 순간 사방에서 무수한 돌풍들이 발생하더니 각각이 거대한 인간의 형상들로 변했다. 그들은 모두 바람의 로아탄들이었다. 그리고 그들의 중앙에 그들 모두를 합한 것보다 더욱 거대한 형상의 로아탄이 있었으니, 그가 바로 피라타 연합의 수장인 바람의 로아탄 뢰베였다.

마치 사자와 같은 인상을 가진 뢰베는 자신의 대륙에 나타난 낯선 불청객에 긴장했다. 암흑의 마나로 형성된 거대한 흑색의 구름이 상공에서 소용돌이치고 있는 모습이 결코 심상치 않았기 때문이다.

'이럴 수가! 이는 노지즈 해역에 존재하는 두 명의 마왕 중 하나가 나타나지 않고서는 있을 수 없는 일이군. 그러고 보니 저자는?'

뢰베는 상공에 보이는 미청년이 그 두 마왕 중 누구인지 비로소 알아봤다.

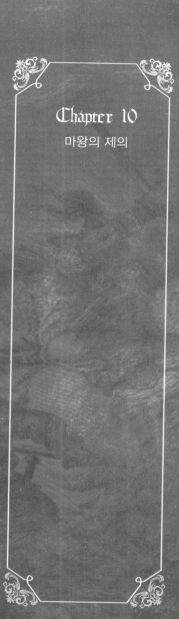

Chapter 10

마왕의 제의

　"당신은 유레아즈 마왕이 아니시오?"

　"후후, 오랜만이군, 뢰베."

　유레아즈는 오연히 고개를 끄덕였다. 뢰베의 두 눈이 번뜩였다.

　"마왕께서 이 누추한 곳까지 온 이유가 무엇인지 물어도 되겠소? 이미 오래전 우리는 불가침의 협정을 맺은 것으로 아오만."

　"긴장하지 마라, 로아탄 뢰베여! 나는 노지즈 해역 피라타 연합의 수장인 그대와 한 가지 협상을 하고 싶어서 왔을 뿐이다."

"협상?"

"그렇다. 그대들은 오래전부터 이로이다 대륙을 탐내고 있었던 것으로 알고 있다. 또한 그 앞에 존재하는 두 개의 정령계도 말이야."

순간 뢰베의 두 눈이 커졌다.

"그 얘기를 왜 하는 거요? 당신들이 우리를 가로막지 않았다면 진작 그곳은 우리가 접수했을 것이오."

"그래서 온 것이다. 나와 콘딜로스는 너희 피라타들에게 그곳을 양보하기로 결심했지. 길을 열어줄 테니 이로이다 대륙은 물론이요, 두 정령계도 너희들이 접수하는 것이 어떠냐? 추가로 하스디아 대륙과 누베스 대륙도 마찬가지다."

뢰베의 입이 쩍 벌어졌다. 그렇다면 무려 다섯 개의 세계를 내준다는 말이었다. 그곳들은 이곳 피라타 연방에 속한 다섯 개의 세계와는 비할 수 없이 풍요로운 곳들이었다.

휘하의 부하들에게 나눠줄 수 있는 정령석이나 마정석이 매우 풍부한 곳! 특히 두 정령왕들이 거하고 있는 세계야말로 보물이 산더미처럼 쌓여 있기로 소문이 나 있었다.

뢰베는 인상을 실룩이며 유레아즈를 노려봤다.

"탐나는 조건이오만 당신 마왕들이 우리에게 아무 조건 없이 그런 호의를 베풀 리는 없을 거고, 목적이 뭔지 물어도 되겠소? 혹시라도 우리를 이용하려는 것이라면 꿈 깨는 것이 좋을 것이오."

순간 유레아즈가 의미심장한 미소를 지으며 고개를 끄덕였다.

"물론 우리에겐 목적이 있다. 설마 우리가 아무런 이유도 없이 그 좋은 것을 너희에게 양보할 리가 있겠느냐?"

"크흐! 그럼 그렇지. 어디 이유를 말해 보시오."

"나와 콘딜로스는 이제 다른 해역으로 세력을 확장하려고 한다. 노지즈 해역보다 훨씬 풍요롭고 방대한 해역이 많이 있는데 언제까지 이 비좁은 곳에서 빈둥거리며 있을 수는 없는 일이란 말이야."

그 말에 뢰베의 두 눈이 다시 커졌다.

"그렇다면 당신은 다른 해역의 마왕들과 전쟁을 준비하고 있는 것이오?"

"그렇지. 그래서 너희들에게 기회를 주려고 한다. 나와 콘딜로스는 외부와의 전쟁에 바빠 이로이다 대륙을 비롯한 그깟 작은 대륙 몇 개 따위에 관심을 쓸 여력이 없어."

"그렇다고 우리에게 기회를 준다는 건 이해가 되질 않소."

뢰베는 의심 어린 표정을 지었다. 탐욕의 대명사라 할 수 있는 마왕들이 뭔가를 남에게 양보한다는 것은 극히 드문 일이었다. 단순히 신경 쓸 여력이 없다고 피라타들에게 그 풍요로운 대륙들을 양보한다니. 아무리 봐도 뭔가 꿍꿍이가 있는 것이 분명했다.

그런데 유레아즈는 이미 뢰베가 그러한 의심을 가지리란 것도 충분히 짐작한 터였다.

"그렇다면 이해가 될 수 있게 얘기해 주지. 이로이다 대륙에 용자가 출현했다. 아직 풋내기 용자일 뿐이지만 놈이 나타나서 도발을 가해 오고 있어 여간 귀찮은 것이 아니다."

"정말로 용자가 나타났단 말이오?"

뢰베가 깜짝 놀란 표정으로 물었다. 유레아즈가 큭큭 웃었다.

"왜, 겁이 나나? 걱정할 것 없어. 놈은 그저 풋내기 용자일 뿐이니까. 하지만 외부와의 전쟁이 있는 와중에 놈이 계속 귀찮게 하니 나와 콘딜로스는 부득불 너희에게 기회를 주기로 결정한 것이다."

"흠……."

뢰베는 고민하는 표정을 지었다. 유레아즈의 말이 이해가 되긴 했지만 그렇다고 선뜻 결정하기가 왠지 찜찜했기 때문이다. 유레아즈가 오연한 미소를 지으며 말했다.

"내키지 않으면 강요하지는 않겠다. 어차피 차원의 바다에 피라타는 무수히 많으니 말이야."

그 말에 뢰베의 눈썹이 꿈틀 움직였다. 유레아즈의 말대
로 피라타는 무수히 많다. 여기서 자신이 망설이다 유레아
즈가 다른 피라타들에게 그곳 세계를 내주는 꼴을 보게 된
다면 울화통이 터져 죽을지도 모른다.

"어찌 할 것인가, 피라타 연합의 수장인 뢰베여! 그대가
관심이 없다면 나는 즉시 다른 해역의 피라타들에게 이 일
을 맡길 것이다."

뢰베가 움찔 놀라더니 황급히 말했다.

"다른 조건은 없소? 그냥 그곳 세계들을 우리가 점령하
기만 하면 되는 것이오?"

"조건은 없다. 아, 굳이 조건을 하나 걸자면 그 풋내기
용자를 없애 버리는 것이다."

"크흐! 그거라면 염려 마시오. 그깟 용자 놈 따위는 조건
이 없어도 당연히 죽여 없애려고 했소."

뢰베의 표정이 밝아졌다. 잠시 고민을 했지만 역시 하기
로 결정을 내리자 신이 나기 시작했던 것이다. 유레아즈가
미소 지었다.

"후후, 그러면 건투를 빈다. 이제 그대 피라타 연합의 함
대가 마계로 진입하면 다크 포탈을 통해 그 즉시 누베스 대
륙이 있는 해역으로 이동하게 열리게 될 것이다. 그대들은

누베스 대륙과 하스디아 대륙을 점령한 후 계속해서 두 개의 정령계를 점령하고, 마지막으로 이로이다 대륙까지 점령하도록 해라."

"크흐! 알았소."

"출정은 신속히 하는 게 좋을 것이다."

"걱정 마시오. 최대한 빨리 출발하겠소."

모처럼 전투가 벌어진다 하니 뢰베의 주위에 있던 로아탄들은 축제 분위기였다. 이미 다른 피라타 수장들에게도 이 사실이 전해진 터, 출정은 금세 이루어질 것이다.

"출항! 가서 풋내기 용자 놈과 건방진 정령왕 놈들을 쓸어버린다!"

이튿날 수십 척의 마왕투함과 수백 척의 마전함으로 이루어진 피라타 함대가 출정 준비를 마치고 피라타 해협을 떠났다.

＊　　　＊　　　＊

무려 3천 년의 긴 세월 동안 마족들의 통치하에 있던 누베스 대륙은 용자 무혼의 세계로 병합되며 드디어 자유를 되찾았다.

그러나 단순히 마족들이 사라졌다고 누베스 대륙에 완전

한 평화가 도래한 것은 아니었다. 마족들의 사악한 통치 아래 길들여진 사람들의 심성은 바뀌지 않았기 때문이다.

안타깝게도 1천여 개가 넘는 도시는 물론이요, 크고 작은 마을에 살고 있는 사람들의 사는 방식은 전혀 달라지지 않았다.

그들은 모두 마족이라는 존재가 있는지도 모르고 있었기에, 용자가 나타나 마족들을 죽였다는 사실은 짐작조차 하지 못했다. 심지어 상귀족들이 사라진 사실도 모르고 있었다.

귀족들은 여전히 시민들을 착취했고, 시민들은 절망에 몸부림쳤다. 유일한 예외가 있다면 드래곤들에 의해 기적이 벌어진 네하른뿐이었다.

네하른의 기적이 다른 모든 도시로 확장되려면 앞으로도 많은 시간이 소요될 것이다. 누베스 대륙의 사람들 스스로 회복하게 놔두기에는 너무도 좋지 못한 사고방식에 길들여진 터라 외부의 도움이 절실했다.

다행히 누베스 대륙이 이로이다 대륙과 포탈을 통해 연결이 되자 트레네 숲에 자리 잡은 드래곤들이 발을 벗고 나섰다.

또한 그사이 신비로운 연주를 통해 하스디아 대륙 인간들의 심성을 회복시킨 달의 엘프 소니아와 케로닌이 무혼의 요청을 받아 누베스 대륙으로 건너왔다.

그들은 가장 먼저 누베스 대륙 최대의 도시인 고루센의 광장으로 왔다. 이곳이 모든 도시를 통틀어 제일 상태가 심각한 곳이었기 때문이다.

"자. 그럼 시작할까, 케로닌?"

"예, 소니아 님."

둘은 환한 미소를 지으며 연주를 시작했다.

따라랑! 사라라랑—

삐리리리—

과연 그들의 연주는 놀라운 효력이 있었다. 그들의 연주가 광장에 울려 퍼지자 굳어 있던 사람들의 표정이 부드럽게 풀어졌다. 대부분 눈물을 흘렸는데, 그렇게 한동안 눈물을 흘리고 난 이들은 입가에 미소를 띠기도 했다.

아직 이곳은 네하른처럼 살기 좋은 곳으로 만든 것이 아니었다. 그저 연주만 들려줬는데 사람들이 미소를 짓다니!

'놀랍군.'

달의 엘프들의 연주에는 환경과 관계없이 마음을 먼저 자유롭게 만들어 주는 신비한 효력이 있었던 것이다. 옆에서 지켜보던 드래곤들은 물론이요 무혼 역시 감탄을 금치 못했다.

달의 엘프들의 연주를 들으면 무혼 역시 입가에 절로 미소가 떠올랐다. 그야말로 달의 엘프들은 보물과도 같은 존재였다.

심지어 마물 피루스의 입가에도 미소가 맺혀 있을 정도였으니! 사실 마물이 미소를 짓는다는 건 무척 어색한 일이었다. 조소나 광소는 지을망정 미소는 마물에게 어울리지 않는 것이니까.

그러나 그동안 무혼의 지시에 의해 달의 엘프들을 호위하며 피루스는 하루에도 수십 차례씩 그들의 연주를 들어야 했다.

그러다 보니 피루스의 차갑고 딱딱했던 마음이 부드럽게 변한 것이다. 그뿐 아니라 그를 따르던 4만의 마물들의 험악한 기세도 눈에 띄게 줄어들어 있었다.

하지만 그렇다 해도 마물은 마물이다. 마물이 인간들과 조화롭게 지내기란 결코 쉬운 일이 아니었다. 마물들이 인간을 해치지 않으려 노력해도, 인간들이 그들을 꺼려하고 두려워하니 문제였다.

마물들이 부서진 집을 수리해 주고, 온갖 노동력을 제공해 주려 했지만, 인간들이 그것을 불편해하니 차라리 마물들이 사라져 주는 것이 인간들을 도와주는 일이었다.

그래서 무혼은 4만의 마물들을 모두 권속으로 만든 후환계로 이동시켰다. 환계는 현재 무혼의 권속 마물들만 거하고 있으니, 그곳에서는 마물들이 눈치를 보지 않고 얼마든지 살 수 있을 것이다.

"피루스! 이제부터 너도 이곳에 있다가 내가 소환하면 밖으로 나오도록 해라."

"이곳은 어디입니까?"

갑자기 무혼에 의해 사방이 바다로 둘러싸인 거대한 섬으로 이동된 피루스는 멍한 표정을 지었다. 무혼은 미소를 지었다.

"이곳은 환계라고 한다. 여긴 너와 같은 마물들만 있는 곳이지."

그동안은 투 핸드 서펀트인 우드아쓰가 마물들을 통솔하고 있었지만, 최강 마물인 군단장 피루스가 들어가자 그는 자연스레 부군단장이 되어 피루스를 보좌했다.

철썩! 좌아아아―!

피루스는 섬의 사방으로 밀려드는 아름다운 파도를 잠시 멍한 듯 바라봤다. 달의 엘프들과 함께 있던 덕분인지 이제 그에게는 아름다운 경치를 아름답게 볼 수 있는 새로운 감성이 생겨나 있었다.

이 섬은 실로 아름다웠다. 끝없이 펼쳐진 바다도, 맑은 하늘도 모두 신비로울 만큼 아름다웠다.

"저 바다를 넘어가면 무엇이 있습니까, 로드?"

"글쎄다. 나도 아직 안 가봐서 모르겠구나."

무혼은 아직 환계를 구석구석 살펴볼 여유가 없었다. 얼마나 넓은지 가늠하지도 못했다. 노지즈 해역을 성해역으로 다 만들고 난 이후면 모를까 지금은 한가하게 환계를 탐사하고 있을 때가 아니었다.

무혼은 피루스를 보며 다시 입을 열었다.

"그 일은 피루스 네게 맡기겠다. 네가 마물들을 지휘해 이곳 세계를 틈틈이 탐사해 보아라."

"예, 로드."

곧바로 허리를 숙이는 피루스의 눈빛은 호기심으로 물들어 있었다. 그것은 마물이라기보다는 인간 모험가에 가까운 눈빛이었다. 그것을 본 무혼의 입가에 미소가 맺혀졌다.

피루스뿐 아니라 다른 마물들 역시 비슷했다. 달의 엘프들의 연주를 들으며 변한 심성 덕분인지 본래의 포악하고 잔혹했던 습성이 많이 사라져 있었다.

심지어 자신들의 로드인 무혼의 모습을 동경해 인간과 같은 모습으로 변한 이들도 많았다. 마물들에게 외모를 바꾸는 일 정도는 아주 간단했으니까.

그런데 모습이 바뀌자 행동도 인간처럼 하기 시작했다. 인간의 집과 비슷한 건물들을 짓고, 인간과 비슷한 옷을 입고, 먹고 마시는 것도 비슷하게 하는 것이었다.

물론 어디까지나 비슷한 정도이지 동일하지는 않았다. 그들의 식성도 다르고, 요리법도 다르기 때문이다. 인간이라기보다는 이종족의 일종이라고 보는 것이 맞았다.

이러한 마물 중에 가장 무혼에게 헌신적인 이들은 마물 연금술사들이었다. 마물 중 본디 연금과 주술에 대해 관심이 많은 이들에게 무혼이 각종 흑마법 서적들과 마족들의 상급 주술서들까지 개방시켜 주자 그들은 매일 흥미로운 실험을 하며 시간을 보냈다.

어느덧 창고에는 갖가지 특이한 효능을 가진 포션들이 잔뜩 쌓여 있었다. 상처나 병을 치료하는 것은 물론이고, 움직임을 빠르게 하거나, 혹은 특정한 주술이 깃들어 있는 포션도 있었다.

물론 그러한 포션들은 무혼에게 있어서는 별다른 효력을 발휘하지 못했다. 무혼의 신체는 이미 포션을 통해 강화시킬 수 있는 영역을 벗어나 있기 때문이었다.

그러나 무혼 외의 다른 이들에게는 적지 않은 도움이 될 것이다. 무혼은 그것들을 엘리나이젤에게 가져다주었고, 엘리나이젤은 그것들을 사용해 병자들을 치료하는 등 다양하게 활용했다.

그밖에도 갑옷이나 투구, 무기와 같은 것들에 주술을 깃들여 성능을 뛰어나게 만들곤 했는데, 그렇게 마물들은 그들의 로드인 무혼의 의지에 따라 환계에서 인간들에게 도움이 될 만한 물건들을 계속 만들어 냈다.

요리도 마찬가지였다. 네르옹의 요리서를 연구한 마물 요리사들은 섬과 해상에서 채취한 각종 요리 재료들을 바탕으로 온갖 맛 좋은 요리들을 완성시켰다.

그러한 것들은 마물들을 즐겁게 했다. 인간들에게 먹고 마시는 것이 삶에서 많은 행복을 가져다주듯, 마물들도 마물 요리사들이 만든 요리를 먹으며 환계의 새로운 삶을 즐기고 있었다.

그러한 요리들은 무혼이 간혹 가서 먹어 봐도 상당히 맛이 좋았기에 마물 요리사들 중 몇을 이로이다 호의 전속 요리사로 임명해 요리를 담당시켰다.

마물 요리사들은 드래곤이나 거족, 인간들을 모두 감탄시킬 만큼 뛰어난 요리들을 척척 만들어 냈다. 그로 인해 푸르카 등을 비롯한 이로이다 호의 선원들은 표정이 더욱 밝아졌다. 무혼의 식탁 역시 풍성해졌음은 말할 것도 없다.

촤아아아아!

이로이다 호는 다시 누베스 대륙을 떠나 새로운 목적지를 향해 항해를 시작했다. 물론 그 목적지는 마왕 유레아즈의 마계 중 한 곳이었다.

　　　　*　　　*　　　*

　무혼이 누베스 대륙을 떠난 지 이로이다 대륙의 시간으로 하루 정도의 시간이 흘렀다. 그사이 이로이다 호는 무려 수십여 번의 해전을 맞이했다.

　어떻게 하루 사이에 수십여 번의 해전이 벌어질 수 있을까? 이는 시도 때도 없이 나타나 도발을 가하는 마전함 때문이었다.

　마왕투함도 아닌 마전함!

　그것도 고작 한 척씩이었고, 그 위에는 하급 마족들과 마물들만 득실거렸다. 마탄을 쏘아 대며 도발을 가하는 그들은 다름 아닌 마왕 콘딜로스의 부하들이었다.

　슈웅—!

　지금도 마찬가지다. 소머리를 한 마왕의 거대한 형상이 그려진 범선 한 척이 이로이다 호를 가로막았고, 곧장 마탄을 발사했다.

　"전방에 또 적이닷! 얼티메이트 실드를 펼쳐라."

　갑판장 푸르카의 명령에 따라 드래곤들은 이로이다 호의 선체 주위에 얼티메이트 실드를 둘렀다.

　콰쾅!

　날아오는 마탄이 얼티메이트 실드와 격돌했고 곧바로 소

멸되었다. 하급 마족이 날린 마탄이다 보니 드래곤들이 두른 얼티메이트 실드를 하나 이상 뚫고 들어오지 못했다.

"마탄 발사! 적함을 격침시켜라!"

"옛, 갑판장님!"

푸르카가 외치자 이번에는 선원 중 하나인 한스가 마탄 발리스타를 겨눠 전방으로 발사했다.

슝!

마탄이 날아가 전방의 마전함에 적중했다.

콰앙!

그러나 한스가 날린 마탄은 마전함의 방어 실드를 뚫지 못했다. 이는 한스가 가진 마나가 아직 부족하기 때문이었다.

"다시 발사!"

"예엡! 맡겨 주시지요."

이번에는 탈룬이 마탄을 발사했다.

슈우웅—!

소드 마스터인 그가 날린 마탄의 위력은 한스의 것에 비할 수 없이 강했다.

콰앙! 쿠콰콰쾅!

아니나 다를까, 탈룬의 마탄은 적함의 실드를 뚫고 들어가 선체를 박살 내버렸다. 곧바로 적함은 침몰했고, 차원의 바닷속으로 흔적도 없이 사라졌다.

"와아아! 이겼다!"

"승리입니다!"

선원들이 일제히 환호성을 날렸다. 갑판장 푸르카는 한스와 탈룬을 향해 고개를 돌렸다.

"날이 갈수록 사격 실력이 좋아지는군. 앞으로를 기대하겠다."

"헤헷! 아직 부족하지만 열심히 하겠습니다."

"크허허헛! 사격이라면 얼마든지 맡겨 주십시오."

한스와 탈룬은 의기양양한 표정으로 대답했다. 푸르카는 그런 그들을 보며 미소 지었다. 곧바로 그는 선장실의 무혼을 찾아가 상황을 보고했다.

"전방에 마전함이 나타나 공격을 하기에 격침시켰소, 선장."

"수고했소."

무혼은 나가지 않고도 이미 해전이 벌어진 것을 알고 있었다. 벌써 수십 번째 벌어지는 일이다 보니 특별할 것도 없었다.

처음에는 무혼이 직접 나서서 없앴지만 나중에는 선원들에게 기회를 주기로 했다. 마왕투함급도 아닌 마전함 한 척! 그것도 고작 하급 마족이 이끄는 마전함이라면 푸르카를 필두로 한 드래곤들이 충분히 상대할 수 있기 때문이었다.

처음에는 푸르카가 직접 나섰지만 그것도 싱거웠다. 그는 포르티와 아그노스를 비롯한 드래곤 선원들에게도 기회를 주었다. 네하른의 기적을 일으킨 포르티 등은 다른 드래곤들에게 그 비법을 전수해 주고 다시 이로이다 호의 선원으로 복귀한 터였다.

포르티와 아그노스, 루디스와 샤로나는 번갈아 가며 마탄 발리스타를 조종해 마전함을 격침시켰고, 이제는 옆에서 지켜보고 있던 알렌과 탈룬, 한스 등에게도 기회를 주었다.

소드 마스터 최상급의 경지에 이른 알렌은 오히려 포르티나 아그노스를 능가하는 위력의 마탄을 발사해 모두를 놀라게 했다. 그는 몇 번 마전함을 격침시키자 탈룬과 한스에게 마탄 발리스타를 양보했다.

이후로는 라개드 등을 비롯한 거족들에게도 기회가 돌아갈 예정이었다. 시도 때도 없이 출몰하는 마전함으로 인해 선원들이 뜻밖의 전투 경험을 쌓게 되니 나쁠 것은 없지만, 문제는 왜 이런 일이 벌어지고 있냐는 것이었다.

'놈이 일부러 나를 귀찮게 해서 도발하는 것인가?'

무혼은 콘딜로스 마왕의 의도를 생각 중이었다. 강력한

로아탄이나 최상급 마족이 지휘하는 마왕투함급 전함대를 보내도 시원찮을 판에 고작 하급 마족이 이끄는 마전함을 보내 무혼을 상대한다는 발상 자체가 기괴했다. 그것도 끝없이 말이다.

'……'

틀림없이 무언가 다른 목적이 있다는 뜻이었다. 아무리 보잘것없는 하급 마족일지언정 이렇게 허무하게 소모시킬 이유가 없는 것이다.

한편 그렇게 이로이다 호가 마전함들을 격침시키며 마계로 전진하고 있는 사이 노지즈 해역에 존재하는 두 개의 정령계를 향해 엄청난 속도로 접근하는 거대한 선박이 하나 있었다.

좌아아! 추아아아아아!

그것은 마왕투함급 전함이었다. 선수의 갑판에는 멋들어진 용모의 미청년이 팔짱을 낀 채 전면을 노려보고 있었고, 그 뒤로 붉은 머리의 청년과 은발의 여인, 그리고 금발의 사내가 가공할 기세를 풍기며 서 있었다.

그런데 이들의 용모가 매우 낯익었다. 선두의 미청년은 놀랍게도 무혼과 똑같았고, 그 뒤의 인물들은 각각 드래곤로드 푸르카와 포르티, 아그노스와 동일한 모습을 하고 있었다.

무혼은 누베스 대륙을 떠나 마계를 향해 가고 있는데, 이곳 정령계 해협에 어찌 무혼과 푸르카 등이 존재할 수 있다는 말인가? 그러고 보니 마왕투함급 전함의 외형도 이로이다 호와 완전히 동일했다.

"크흐흐! 지금쯤 용자 놈은 도대체 무엇 때문에 마전함들이 계속 나타나는지 이유를 몰라 허둥대고 있겠군."

"크크! 아마 화가 나서 더욱 빠르게 마계로 전진하겠지요. 조만간 이로이다 대륙이 쑥대밭이 될 것이라고는 생각도 못 할 겁니다."

무혼의 형상을 한 미청년의 말에 드래곤 푸르카의 모습을 한 사내가 대답했다. 무혼 형상의 미청년이 인상을 구기며 이를 갈았다.

"으득! 꼴 보기 싫은 용자 놈의 모습을 하고 있는 건 마음에 들지 않지만 정령왕 놈들을 속이려면 어쩔 수 없는 일이다. 불쌍한 하급 마족들의 희생을 생각해서라도 이번 작전을 성공적으로 수행해야 된다."

"음흐흐! 저희도 보기 싫은 드래곤들의 모습을 하고 있자니 근질거려 미치겠습니다."

그들은 다름 아닌 마왕 콘딜로스와 그의 가디언 로아탄들이었다. 그야말로 감쪽같이 무혼으로 가장한 것이었다.

이는 그저 단순한 일루전의 마법이나 주술이 아니라 환마주(幻魔珠)라 불리는 희귀한 마도구를 통해 변신한 것으로 정령왕들이라 해도 꼼짝없이 속을 수밖에 없었다.

환마주는 오래전 콘딜로스가 오르덴의 항구에서 비싼 돈을 지불하고 구입한 그의 보물 중 하나였는데, 오늘 드디어 그 진가를 발휘하게 되었다.

미청년 콘딜로스가 키득 웃었다.

"먼저 불의 정령왕 나룬의 정령계부터 공격하고 빠진다. 나룬이 나타나기 전에 그의 가디언들을 해치우고 최대한 빨리 물의 정령왕 아쿠아의 정령계로 이동, 놈의 가디언들을 해치운다. 속도가 생명이니 모두 전력을 다해라! 알겠느냐?"

"옛! 콘딜로스 님."

그러자 콘딜로스가 인상을 확 찌푸리더니 부하 중 금발 사내를 노려봤다.

"푸르카! 다시 말해 봐라. 내가 지금 누구냐?"

순간 푸르카라 불린 청년이 움찔했다. 그는 황급히 대답했다.

"제가 잠시 착각했습니다, 용자 무혼 님."

그제야 콘딜로스의 입가에 다시 득의만만한 미소가 맺혔다.

"그렇다. 나는 용자 무혼이다. 그리고 이 배는 이로이다호이지. 이따가 정령왕 놈들의 귀에 박히게 그 말을 끝없이 반복하도록 해라. 알겠느냐? 포르티, 아그노스?"

"흐흐, 알았습니다. 용자 무혼 님."

"호호호! 충분히 알겠어요, 용자 무혼 님."

그사이 그들의 전함은 하나의 세계로 진입하고 있었다. 이글거리는 불덩이들이 가득한 대륙, 그곳은 불의 정령왕 나룬의 정령계였다.

Chapter 11

현자의 환상

좌아아아!

방대한 불의 결계막이 깨어짐과 동시에 들이닥치는 거대한 전함!

"으하하핫! 쿠하하하핫! 나는 용자 무혼이다. 사악한 불의 정령왕 나룬이여! 어서 나와서 나 용자 무혼의 징계를 받으라!"

전함 위에서 뇌성처럼 호통을 발하는 청년은 자신을 용자 무혼이라 말했다. 순간 결계 수호를 담당하고 있던 불의 로아탄 루브느크를 비롯한 수십여 명의 로아탄들이 험악한 기세를 발하며 전함을 포위했다.

"무엄한 놈이군. 이곳이 어디라고 왔느냐?"

"감히 불의 정령계를 침입하다니. 살아 돌아갈 생각은 하지 마라."

루브느크와 수십여 명의 로아탄들은 그 즉시 전함을 향해 돌진을 해 왔다.

화르르르! 화르르르르……!

지옥의 유황불과 같은 뜨거운 화염 덩어리들이 사방을 뒤덮었다. 그 기세는 흡사 하나의 대륙이라도 태워버릴 정도로 가공했다.

"크큭! 제법이다만."

청년이 조소를 날렸다. 만일 보통의 용자나 드래곤들이었다면 미처 경악을 하기도 전에 함선과 함께 잿더미로 변해 버렸을 것이다. 그러나 청년에게는 그저 가소로울 뿐이었다.

콰쾅! 쿠콰콰콰—

마치 뇌전과 같은 시퍼런 빛줄기들이 그의 양손에서 뻗어 나가는 순간 로아탄의 선두에서 돌진해 오던 불의 로아탄 루브느크의 몸체가 부르르 떨리더니 그대로 가루로 변해 흩어져 버렸다.

"이럴 수가! 루브느크 님이!"

"미, 믿을 수 없다. 어찌 하찮은 용자 놈이!"

불의 로아탄들이 경악성을 발하는 순간 청년의 뒤에 있던 드래곤들이 키득거리며 날아와 그들을 공격했다.

"놀랄 것 없느니라. 어차피 너희도 죽을 테니까. 바로 용자 무혼 님의 부하인 나 푸르카에 의해 말이야."

"오호홋! 알고나 죽어라. 난 용자 무혼 님의 부하인 빙룡 아그노스란다. 드래곤에게 죽는 심정이 어떠냐?"

"흐흐! 난 용자 무혼 님의 부하인 화룡 포르티라고 한다. 너희 불의 로아탄 놈들이 그동안 거들먹거리는 모습이 꼴보기 싫었는데, 오늘 잘 걸렸다. 모조리 죽여 주마. 으하하하!"

놀랍게도 용자 무혼의 부하라 말하는 드래곤들의 능력은 불의 로아탄들의 것을 능가했다. 그건 당연했다. 그들은 실상 드래곤이 아니라 마왕 콘딜로스의 가디언 중 최강이라 불리는 로아탄들이었으니까.

그렇게 콘딜로스와 그의 가디언 로아탄들에 의해 불의 정령왕 나룬의 정령계를 수호하던 가디언 로아탄들이 순식간에 죽임을 당했다. 단 하나만 남겨 두고 말이다.

"크훗! 쿠하하하하……! 겁쟁이 나룬 놈! 내가 무서워서 코빼기도 안 보이는구나. 그럼 오늘은 이만 돌아갈 테니 어디 용기 있으면 날 찾아와 보거라. 기억해라! 나는 이로이다 대륙의 용자 무혼이다. 크하하하하!"

콘딜로스는 큰 소리로 웃고는 전함을 돌려 불의 정령계를 떠나 버렸다. 그 와중에 용케 살아남은 로아탄 하나가 숨을 헐떡거리는 사이 그의 앞으로 천지가 진동하듯 불의 폭풍이 일어나더니 한 청년이 나타났다.

불타는 듯한 붉은 머리! 강렬한 인상을 가진 그 청년은 바로 불의 정령왕 나룬이었다. 그는 정령계의 입구가 파괴되었을 뿐 아니라 자신의 가디언 로아탄들이 대거 소멸된 것에 경악했다.

"이게 어떻게 된 일이냐?"

"크으으! 요……용자가 나타나서 다짜고짜 공격을 가해 왔습니다."

"무엇이? 용자?"

불의 로아탄은 방금 전 있었던 일을 환상으로 재생해 나룬에게 보여 주었다. 그 장면을 본 나룬은 화가 폭발했다.

"크큭! 이로이다 대륙의 용자 무혼이라고? 하찮은 인간 용자 따위가 감히 나의 가디언들을 죽였다는 건가? 으득! 절대로 용서 못 한다."

나룬은 이를 갈았다.

"용자 무혼! 이제 네놈에게 나 정령왕 나룬이 어떤 이인지 보여 주마. 네놈뿐만 아니라 이로이다 대륙의 모든 것을 불태워 버리겠다. 불의 로아탄과 정령들이여! 지금 즉시 출정을 준비하라."

"옛, 나룬 님."

불의 정령왕 나룬은 자신의 가디언 로아탄들과 정령 군단의 총병력을 집결시켰다.

그런데 그러한 일은 그사이 물의 정령왕 아쿠아의 정령계에서도 동일하게 벌어지고 있었다.

"크카카카! 나는 용자 무혼이다. 이로이다 대륙의 용자 무혼 말이다!"

"크흐흐! 알고나 죽어랏. 나는 용자 무혼 님의 부하인 드래곤 푸르카닷!"

물의 정령계의 입구 결계를 지키던 가디언 로아탄들이 급작스러운 기습에 의해 전멸했다. 물론 단 한 명을 제외하고.

"용자 무혼이라는 자가 부하들을 이끌고 와서 공격을 했습니다."

"……."

수십여 명의 가디언 로아탄들을 잃은 물의 정령왕 아쿠아. 푸른 머리 청년의 형상을 하고 있는 그의 표정은 차갑게 굳어 있었다.

츠츠츠츠츳—

그는 자신의 가디언 로아탄이 보여 주는 환상 재생을 몇 번이고 반복해서 보았다. 불같은 성격의 나룬과는 달리 그는 방금 전 나타나 자신의 가디언들을 죽인 자가 정말 이로이다 대륙의 용자인 무혼이 맞는지 확인하는 중이었다.

혹시라도 마왕이나 악명 높은 피라타들일 가능성도 배제할 수 없기에 신중한 확인이 필요했다. 분노한 와중에도 그러한 것을 차분히 확인한 만큼, 모든 것이 확신으로 변하자 그의 분노는 극에 달했다.

"용자 무혼이라고 했느냐? 네가 무엇 때문에 이유 없이 나를 공격했는지 모르지만 너는 이제 네가 한 일의 대가를 치르게 될 것이다. 네놈을 죽이는 것은 물론이고, 이후로 이로이다 대륙은 그 어떤 생명체도 살 수 없는 죽음의 땅으로 변하게 되리라."

곧바로 아쿠아는 자신의 모든 가디언 로아탄들과 물의 정령 군단을 총집결시킨 후 이로이다 대륙을 정벌하러 떠났다.

＊　　　＊　　　＊

잠을 자던 루인은 벌떡 일어났다. 좋지 않은 꿈을 꾼 것도 아니었지만 이상한 기분이 들어 깨어났다.

가슴이 두근거리고 식은땀이 흘렀다. 이러한 기분은 뭔

가 아주 좋지 않을 일이 벌어지기 전에 느끼는 것이었다. 그러나 명상을 통해 아직 그 어떤 불길한 징조도 발견하지 못했다.

그런데 왜 불안한 것일까? 아무런 불길한 징조가 없다면 마음 또한 차분하고 맑게 가라앉아 있어야 하는데, 이상하게 가슴이 두근거리는 것이 도무지 불안감을 감출 수 없었다.

'이상해. 무엇 때문일까?'

분명 뭔가가 있긴 했다. 그러나 뭔가를 느낄 것 같으면서도 막상 정신을 집중하면 아무것도 느끼지 못했다. 이러한 상황이 반복되니 미칠 지경이었다.

차라리 아무것도 느끼지 못한다면 오히려 마음이라도 편할 것이다. 어째서 현자의 예지는 이렇게 어렴풋이만 다가오는 것일까?

루인은 그것이 못내 괴로웠다. 다른 사람들에게는 말하지 않았지만 그것은 그녀의 고민이자 두려움이 되었다. 현자인 그녀가 용자의 성에 다가올 위기를 미리 예감하지 못하면 큰일이 아니겠는가.

마치 기상을 살펴 오늘 날씨가 궂을지 아니면 맑을지 예측하는 것처럼, 현자는 천기를 살펴 앞으로 다가올 위험이나 기회를 미리 예감할 수 있어야 한다.

그러나 아무리 현자라 해도 사람이 어찌 다가올 미래를 알 수 있겠는가? 그저 어렴풋이나마 위기를 느낄 수 있는 것만으로도 대단한 것이었다.

문제는 그 또한 일정하지 않다는 것! 현자인 그녀가 매번 느끼는 환상이나 꿈은 달랐다. 어떤 때는 미래가 매우 또렷하게 보여 손쉽게 문제를 예감할 수 있었지만, 어떤 때는 그저 혼란스럽기만 할 뿐 실체를 조금도 예감하기 힘들 때도 있었다.

지금이 그랬다. 그녀는 뭔가 이상한 느낌을 받고 있지만 명상을 통해서든 꿈을 통해서든 여전히 아무런 실체를 잡지 못했다. 그렇다고 이러한 불안감을 함부로 호소할 수도 없는 일이었다. 현자인 그녀의 말 한 마디가 미치는 영향은 매우 지대하기 때문이다.

따라서 이번에 무혼이 누베스 대륙을 점령하고 새로운 마계 좌표를 찾아 출항할 때 그녀는 아무런 말을 하지 못했다. 자칫 그녀의 근거 없는 불안감으로 인해 무혼의 출정이 늦어지거나 차질이 빚어질 수도 있을 것 같다는 우려에서였다.

그런데 왠지 지금은 그것이 후회가 되었다. 무혼에게 사정을 말하고 잠시만 출정을 미루라 할 걸 그랬다. 그만큼 지금 그녀가 느끼는 불안감은 여태껏 없던 것이었다.

왠지 모르게 좋지 않은 일이 반드시 벌어질 것 같았다. 하지만 아무리 정신을 집중해도 그것이 무엇인지 알 수가 없으니 답답한 마음에 가슴이 터질 지경이었다.

그런데 바로 이것이 지금껏 없던 이상한 현상이기도 했다. 그동안에는 이런 식으로 가슴이 두근거리는 상황이라면 어떤 식으로든 대략적으로 실체를 잡을 수 있었으니까.

그러나 지금은 위기가 임박한 것 같은 확신이 들면서도 그 실체를 전혀 잡을 수 없었다.

'이대로는 안 되겠어.'

루인은 답답한 마음에 침대에서 일어났다. 이대로 다시 잠을 들 수는 없었다. 곧바로 옷을 갈아입고 용자의 성에 있는 현자의 방으로 들어갔다.

오직 현자인 그녀만 들어갈 수 있는 이곳 현자의 방에 과연 무엇이 있는지 모두가 궁금해했지만, 실상 여기에는 아무것도 없었다.

그냥 텅 빈 공간뿐.

방문을 연 후 문을 닫으면 그녀는 완전히 텅 빈 공간 속에 홀로 서 있었다.

아무것도 없다는 것! 심지어 시간의 흐름조차 느껴지지 않는 이상한 공간! 이처럼 외부 세계와 완전히 차단된 공간 속에 있는 것은 사실 쉬운 일이 아니었다. 그로부터 오는 고독감과 공포심은 보통 사람이 견뎌내기 힘든 것이니까.

루인이라고 해서 다를 바 없었다. 매일 이 방을 출입하는 루인 역시 사실은 이곳에 들어오기를 무척이나 두려워한다는 사실을 다른 사람들은 짐작도 못 할 것이다.

하지만 고독과 싸우다 보면 얻는 것이 적지 않았다. 그래서 두려움을 무릅쓰고 들어온 것이었다.

무사들은 검을 수련하고 마법사들은 마법을 수련하지만, 현자는 마음을 수련해야 한다. 현자의 마음을 수련하는 곳! 그곳이 바로 현자의 방이었다.

두렵더라도, 꺼려질지라도 머뭇거리지 않고 현자의 방으로 들어서야 한다. 그것 자체도 일종의 수련이었다.

루인은 마음을 불안하게 만드는 이 짙은 불안감의 실체를 밝히고자 다시 현자의 방을 찾았다. 무사가 적을 만났을 때 검을 들고 싸우듯, 현자가 알 수 없는 불안감으로 인해 마음이 흔들릴 때는 현자의 방으로 들어와서 두려움과 맞서 싸워야 한다.

스스— 스스스슷—

그녀의 두 눈에 온갖 무서운 환상들이 보이기 시작했다. 보통의 인간이라면 그러한 환상을 보는 것만으로도 기절하거나 미쳐 버릴 수도 있는 상황이지만, 루인은 이를 악물고 버텼다. 그동안의 수련을 통해 그녀의 정신력은 엄청나게 강해져 있었다.

'불안감의 실체를 알아낼 때까지 나가지 않을 거야.'

그렇게 현자의 방에서 홀로 고독하게 환상들과 싸워가던 루인은 어느 순간 비로소 그녀의 마음을 불안하게 만들었던 기분의 실체를 대략 파악해 내고 말았다.

'이럴 수가!'

놀랍게도 그것은 너무도 큰 위기였다. 자칫하면 이로이다 대륙이 파멸될 수도 있는 무서운 위기가 도래하고 있었다니.

이는 지금껏 루인이 직감했던 그 어떤 위기보다 끔찍했다. 너무 가공하고 거대한 것이다 보니 오히려 빨리 발견하지 못했던 것일까?

'이럴 때가 아니야. 빨리 무혼 님을 불러야 해.'

곧바로 루인은 두 눈을 감았다. 이 위기를 해결할 자는 무혼뿐이다. 그러나 그는 보통의 마법 통신으로 도달할 수 없는 위치에 있으니 현자의 심어(心語)를 통해 간절히 외쳐보는 수밖에 없었다.

'무혼……'

루인은 부디 차원의 바다를 항해하고 있는 무혼이 그녀가 심어를 통해 보내는 환상을 느끼기기를 간절히 바랐다.

촤아! 촤아아아!

이로이다 호가 마계로 가던 선수를 돌려 다시 누베스 대륙으로 향했다. 무혼이 왜 갑자기 회항을 결정했는지는 아직 아무도 알지 못했다. 굳은 표정으로 말없이 전방을 노려보고 있는 무혼을 보고 푸르카 등은 뭔가 심상치 않은 일이 벌어지고 있음을 직감했을 뿐이다.

그런데 바로 그 순간!

선회하여 누베스 대륙으로 향하는 이로이다 호의 전방 멀리 수평선 상공에 세찬 돌풍과 같은 바람이 일어나더니 그것의 영역이 점점 커지기 시작했다. 그러다 급기야 전방의 수평선을 가득 메우는 거대한 바람을 형성했다.

휘이이이! 휘이이이이잉―

전방이 온통 흑색으로 변했다. 미증유의 해일을 형성하며 하늘까지 맞닿은 흑색의 폭풍!

그것은 다름 아닌 차원풍이었다. 차원의 바다에서 일어나는 기이한 현상 중의 하나인 차원풍이 무혼과 이로이다 호를 가로막은 것이다.

(무혼! 차원풍이야. 이대로라면 누베스 대륙으로 돌아가는 게 어려워져.)

소옥이 다급히 외쳤다. 그녀의 힘으로 이로이다 호에 임하는 차원풍의 충격은 충분히 막아낼 수 있지만, 차원풍의 여파로 인해 예측 불가의 장소로 이동하니 문제였다.

무혼 역시 당혹스럽기는 마찬가지였다. 방금 전 선실에서 명상 수련을 하고 있던 그는 갑자기 이질적인 환상을 하나 보았다. 그것은 매우 어렴풋하게 떠오른 환상이었지만 그 장면들이 너무 충격적이어서 무혼으로서는 부득불 회항을 결정하지 않을 수 없었던 것이다.

갑자기 왜 그런 이상한 환상이 떠올랐는지는 알 수 없었다. 그러나 그것이 우연히 떠오른 망상과 같은 것이 아니라는 것은 본능적으로 직감했다. 자칫 조금이라도 망설이거나 늦어진다면 돌이킬 수 없는 사태를 초래할 수도 있기에 그 즉시 회항을 결정한 것이었다.

그런데 하필이면 이때 차원풍이 불어올 줄이야!

쒸이이이— 휘이이이이—!

저 차원풍에 휘말리면 이로이다 호가 어디로 이동하게 될지 알 수 없다. 하지만 사실 그건 이전에도 한 번 겪었던 터라 그다지 걱정할 문제는 아니었다.

문제는 그로 인해 회항 시간이 길어지게 되는 것이다. 그 사이 자칫 무혼이 어렴풋이 보았던 그 끔찍한 미래가 그대로 실현되어 버릴지도 모른다.

환상 속에서 이로이다 대륙의 한쪽이 불바다로 변하고, 다른 한쪽은 차디찬 빙지(氷地)로 변해 버렸다. 트레네 숲은 흔적도 없이 사라져 버렸고, 이로이다 대륙의 모든 인간과 이종족은 전멸한 터였다.

이로이다 대륙이 죽음의 대륙으로 변한다?

그러한 환상이 결코 우연히 떠오른 것이 아님을 직감하고 있는 무혼이기에 그의 마음은 다급하지 않을 수 없었다.

'차원풍을 뚫고 간다!'

번쩍!

온통 흑색 일색으로 변한 전면의 바다를 노려보는 무혼의 두 눈에서 섬전과 같은 광채가 일어나는가 싶더니 곧바로 그의 신형이 사라져 버렸다.

팟—

선수에 오연히 서 있던 무혼의 신형이 갑자기 사라지자 이로이다 호의 선원들은 깜짝 놀랐다.

〈나는 무사하니 걱정들 마시오. 혹시 충격이 있을지도 모르니 선실로 들어가도록 하시오.〉

선원들의 귀에 무혼의 전음이 울려 퍼졌다. 푸르카는 그 즉시 선원들을 향해 소리쳤다.

"뭣들 하는 거냐? 갑판에 있지 말고 갑판 아래 선실로 들어가라!"

갑판장 푸르카의 외침에 선원들은 다급히 선실로 내려갔다. 그런데 그때 물의 로아탄 가르니아는 갑판에 남아 전면을 노려보고 있었다. 그녀의 얼굴은 경악으로 물든 터였다.

'저럴 수가! 차원풍을 향해 돌진하다니.'

그녀는 무혼이 선수에서 그냥 사라진 것이 아니라 차원풍을 향해 돌진하는 모습을 보았다. 당장이라도 돌아오라고 외치고 싶었지만 그사이 무혼의 신형은 멀리 차원풍의 영역으로 들어가 버린 후였다.

대체 무혼이 무엇 때문에 차원풍을 향해 돌진했는지는 모르지만 가르니아가 생각하기에 그것은 그야말로 무모한 짓이 아닐 수 없었다. 지금껏 그녀가 차원의 바다를 여행한 이래 차원풍을 적지 않게 경험했지만, 아직 그 누구도 무혼처럼 차원풍을 향해 돌진했던 이는 없었다.

정령왕이건 마왕들이건 차원풍 앞에서는 그저 숨을 죽이고만 있었을 뿐이다. 스스로 죽음을 자초하는 짓을 누가 하겠는가.

휘이이이―

쒸이이! 촤아아아아!

방대한 영역을 휘돌고 있는 거대한 차원 폭풍! 놀랍게도 무혼은 그것의 중심에 오연히 떠 있었다. 사방이 천지가 혼돈하듯 휘돌고 있었지만 무혼이 떠 있는 영역은 놀랍도록 고요했다.

무혼은 이 고요한 차원풍의 중심에서 강렬히 빛나고 있

는 자색의 발광체를 차갑게 노려봤다. 그 발광체는 거대한 새의 형상이었다.

자색의 깃털을 가진 거대한 새! 그것이 이 차원풍의 중심에 있다니 무혼으로서도 뜻밖이었다. 무혼은 비로소 저 정체불명의 새가 차원풍을 움직이는 근원임을 알 수 있었다.

무혼이 어찌 알 수 있겠는가. 지금 무혼이 보고 있는 새가 차원의 바다에 존재하는 초용족(超龍族) 중 하나인 자우신조(紫羽神鳥)임을!

자우신조 푸르푸레우스!

그는 난데없이 자신의 영역으로 파고든 정체불명의 인간을 보고 깜짝 놀랐다. 차원풍을 이루는 미증유의 힘을 뚫고 들어올 자가 존재하다니!

그것은 푸르푸레우스와 같은 초용족 정도의 힘을 지닌 자가 아니면 불가능한 일이었다. 그는 한낱 인간에게 그러한 능력이 있다는 것이 믿기지 않았다.

"나의 앞을 가로막은 놀라운 인간이여! 그대는 대체 누구인가?"

"그거야말로 내가 묻고 싶군. 당신의 정체는 뭐요?"

무혼은 이전에 차원풍을 목격하고 그 미증유의 가공한 힘에 한때는 좌절을 느끼기도 했지만, 그동안의 수련을 통해 이미 그것의 극한까지 도달했다.

아쉽게도 아직 그 한계를 돌파하지는 못했다. 그러나 적어도 차원풍을 두려워하지 않는 수준에는 이르러 있었다. 그렇지 않았다면 결코 차원풍을 향해 돌진하겠다는 무모한 생각은 하지 않았을 것이다.

애초에는 차원풍에 구멍을 내서 이로이다 호가 지나갈 수 있는 통로를 만들려는 목적이었다. 무혼이 비록 차원풍이 지니는 그 미증유의 힘 못지않은 능력에 도달하긴 했지만, 차원풍을 완전히 소멸시키기란 매우 벅찬 일이었기 때문이다.

그런데 알고 보니 이 차원풍을 일으킨 존재가 따로 있을 줄이야.

"나를 보고도 조금도 위축되지 않는 자여! 그대는 내가 한 질문에 먼저 답하라. 그대는 혹시 용자인가?"

"내 이름은 무혼, 이로이다 대륙의 용자요. 이제 당신의 정체를 말해 주겠소?"

"나는 푸르푸레우스라고 한다."

"푸르푸레우스?"

"그렇다. 그것이 나의 이름이다. 차원의 바다에 사는 자들은 나와 같은 이를 일컬어 초용족이라 부르지."

그 말에 무혼은 깜짝 놀랐다. 무혼이 어찌 초용족을 모르겠는가. 그들은 차원의 바다에 존재하는 초월자들이라 차원의 서에 적혀 있었으니까.

"초용족을 만나게 되다니 실로 영광이오."

"나 역시 절대 용자를 만날 줄은 몰랐다."

"절대 용자?"

"그대는 아직 자신이 절대 용자라는 사실을 자각하지 못하고 있는 것인가?"

"물론이오. 아직 그런 생각을 해 본 적은 없소."

절대 용자란 용자 중에서 초월자의 경지에 이른 이들을 일컫는 말이라 했다. 무혼 역시 그러한 사실을 알고 있었지만, 그에 대해 별다른 의미를 두고 있지 않았다.

이미 무공과 주술, 마법의 경계를 허물고 초월경의 경지에 이른 그였지만, 그 위에도 끝없는 새로운 경지가 존재하고 있음을 알고 있는 터라, 그 스스로 자신이 절대 용자라 생각하며 우쭐해하고 싶지 않았기 때문이다.

절대 용자 따위는 없다. 좀 더 강한 용자와 약한 용자만이 존재할 뿐. 무혼은 좀 더 강한 용자가 되기 위해 끝없이 노력할 뿐이었다.

그때 푸르푸레우스가 말했다.

"나의 앞을 가로막을 능력이 있다는 것! 그것만으로도 그대가 절대 용자임이 증명된 것이지. 차원의 바다에 새로운 초월자가 탄생했군. 특히 인간으로서 그와 같은 경지에 이르다니 정말 놀라운 일이야."

"날 그리 대단하게 볼 건 없소. 그보다 차원풍을 일으키는 이유가 뭔지 물어도 되겠소?"

무혼은 차원풍이 그저 차원의 바다에서 벌어지는 기이한 자연 현상의 하나로 생각했지, 설마 초용족인 푸르푸레우스가 만들어 낸 것임은 상상도 못 했다. 차원의 서에도 그러한 내용은 적혀 있지 않았다.

"내가 차원풍을 일으키는 별다른 큰 이유는 없네. 굳이 이유를 말한다면 산책이 목적이라고 할 수 있지. 차원풍을 일으키면 수많은 해역을 한 번에 넘나들 수 있기 때문이야. 나뿐만 아니라 다른 초용족들 중에도 이렇게 산책을 즐기는 이들이 많다네."

무혼은 인상을 살짝 찌푸렸다. 별다른 큰 이유도 없이 고작 산책을 위해 차원풍을 일으킨다라? 그거야 그의 자유이니 무혼이 상관할 바는 아니지만 그로 인해 피해를 입는다면 문제가 다르다.

"그렇다면 이 차원풍을 좀 거두어 주겠소? 아니, 나와 이로이다 호가 지나간 이후에 다시 차원풍을 일으키는 것이 어떻겠소?"

그러자 푸르푸레우스는 무혼을 차갑게 쏘아봤다.

"나는 아직껏 한번 일으킨 차원풍을 바로 거두어들인 적이 없네. 그리고 그대가 아무리 절대 용자라 하지만 내게 그따위 부탁을 하는 건 매우 무례한 일임을 모르겠나?"

무혼은 정중히 포권을 하며 대답했다.

"그래서 부탁을 하는 것이오."

"그 부탁을 거절하지. 그대는 이만 물러가게."

휘이이이—

푸르푸레우스가 날갯짓을 한 번 하자 거센 바람이 몰려와 무혼을 밀어냈다. 그러나 무혼은 뒤로 밀린 즉시 다시 본래의 자리로 돌아왔다.

"정중히 부탁을 해도 들어주지 않는다면 부득불 무례를 범할 수밖에 없겠군. 지금 당장 차원풍을 거두지 않는다면 당신은 큰 후회를 하게 될 것이오."

푸르푸레우스가 코웃음 쳤다.

"그대가 아무리 절대 용자라 하나 그 무례는 더 이상 용납하기 힘들다. 예의를 모르는 그대에게 초용족으로서 따끔한 징계를 내리지."

"징계라."

순간 푸르푸레우스를 노려보는 무혼의 두 눈에서 섬뜩한 안광이 번쩍였다. 그의 입가에 씩 미소가 맺혔다.

"그럼 어디 한번 해 보시오."

전력을 다해야 할 만한 상대가 나타난 것이 대체 언제인

지 모르겠다. 무혼은 승부를 떠나 지금 이 순간의 대결이
자신의 한계를 깨뜨릴 수 있는 엄청난 기회라는 생각에 한
껏 고무되었다.

　콰콰쾅! 콰르르르!

　우콰콰콰쾅……!

　곧바로 차원풍의 중심에서 상상을 초월한 대격전이 펼쳐
졌다.

Chapter 12
고양이가 물고 온 여인

한편 그 시간 이로이다 대륙의 북부 바다에 정체불명의 전함들이 출몰했다.

선두의 전함 위에는 붉은 머리에 강한 인상을 지닌 청년이 인상을 잔뜩 구긴 채 서 있었다. 그의 얼굴은 분노로 가득 차 있었고, 이글거리는 두 눈빛은 그 앞에 존재하는 모든 것을 태워 버릴 듯했다.

좌아아아!

순간 전방의 바다가 요동치더니 거대한 물의 벽을 형성했다. 치솟는 물살 위로 거인의 얼굴이 나타났고, 그는 우레와 같은 음성을 발하며 외쳤다.

"나는 용자 무혼 님의 가디언 와테르! 이로이다 대륙을 침범한 그대들은 누군가?"

그러자 붉은 머리의 청년이 냉소했다.

"나는 불의 정령왕 나룬이다. 감히 불의 정령계를 침범해 나의 가디언들을 죽인 용자 무혼을 징계하러 왔노라."

화르르르.

차갑게 외치는 나룬의 오른손에 거대한 불의 검이 생겨났다. 그 검을 본 와테르의 두 눈에 경악이 어렸다.

'정령왕의 화염검!'

그는 설마 정령왕 나룬이 이로이다 대륙을 침범해 올 줄은 상상도 못 했다. 무엇보다 나룬의 화염검은 로아탄인 그가 당해낼 수 있는 성질의 것이 아니었다.

그러나 와테르는 물러날 수 없었다. 그는 용자 무혼의 가디언이다. 그는 용자를 위해서 혹은 그의 세계를 위해서 목숨을 내놓을 수 있어야 했다. 그것이 바로 가디언의 임무다. 하지만 이렇게 빨리 그러한 순간이 도래할 줄이야.

'로드! 당신을 오래 모시지 못해 안타깝군요. 하지만 당신을 위해 목숨을 바칠 수 있어 영광입니다.'

와테르는 비장한 표정을 지었다. 정령왕 나룬의 눈빛을 보니 그 어떤 말도 통하지 않을 듯했다. 그는 작정을 하고 온 것이다. 와테르가 할 수 있는 일은 로드 무혼이 올 때까지 조금이나마 시간을 끄는 것뿐이었다.

좌아아!

나룬의 전함들을 가로막았던 물의 벽이 사라지고 수면 위에 물의 거인 형상의 와테르가 우뚝 솟아올랐다. 그의 양 손에는 창이 쥐어져 있었다. 그것을 본 나룬의 입가에 냉소 가 맺혔다.

"후훗, 고작 그것으로 나의 앞을 가로막겠다는 건가?"

"당신의 앞을 가로막을 수 없다는 것쯤은 알고 있소. 하 나 내가 죽기 전에는 그 누구도 이로이다 대륙에 들어갈 수 없을 것이오."

그 말과 함께 와테르는 창을 앞으로 내밀었다. 곧바로 와 테르의 뒤쪽으로 세 명의 로아탄이 나타났다.

땅의 로아탄 이아스, 바람의 로아탄 위느드, 불의 로아탄 피르에! 이들 모두 용자의 성을 지키는 가디언들이었다. 그 들은 와테르와 함께 불의 정령왕 나룬을 막아섰다.

나룬의 입가에 조소가 맺혔다.

"우습군. 너희들이 나를 막을 수 있다고 보느냐?"

와테르 등은 말없이 나룬을 포위했다. 불의 정령왕 나룬 은 그들이 전력을 다한다 해도 결단코 이길 수 없는 상대 다. 만일 나룬이 먼저 공격을 가해 온다면 그들로서는 제대 로 반격조차 하지 못하고 죽임을 당하게 될 것이다.

와테르는 이아스 등을 쳐다봤다.

(로드를 위해 마지막 충성을 보이자, 형제들이여!)

(후후, 가디언으로서 로드를 위해 죽는 것처럼 행복한 것은 없소. 로드를 위하여!)

(흐흐, 형님들! 그동안 즐거웠소.)

(부디 우리를 잊지 마십시오, 로드…….)

용자의 성을 수호하는 네 로아탄은 눈짓으로 마지막 인사를 나누고는 곧바로 나룬을 향해 달려들었다.

거인의 모습으로 변한 그들은 각자가 가진 최강의 비기를 아낌없이 쏟아 부었다.

상공으로 치솟아 우박처럼 떨어지는 수만 개의 얼음 창! 그 사이로 쇄도하는 바람의 화살들! 수천 개는 됨직한 거대 도끼들에 이어 극렬한 유황불의 폭풍까지!

그 모든 가공할 공격이 단 한 명에게 집중되었다. 물론 그는 불의 정령왕 나룬이었다.

"큭! 가소롭구나."

나룬은 비릿한 미소를 날렸다. 그는 상공을 향해 가볍게 화염검을 몇 번 휘둘렀다.

화르륵! 화르르르르—

그의 손에서 불타오르던 화염검이 하늘과 바다를 뒤덮었다. 하늘도 바다도 사라지고 오직 뜨거운 불만 존재하는 듯 사방은 이글거리는 화염뿐이었다. 그리고 끝이었다.

파스스! 스스스스……

용자 무혼의 가디언이 되어 이로이다 대륙을 수호하던 네 명의 가디언이 나룬의 화염검에 의해 흔적도 없이 소멸되어 버렸다.

"쿠쿡! 크하하하! 용자의 가디언들치고는 너무 초라하군. 이제 이로이다 대륙의 성문이 깨졌으니 이곳을 모조리 불태워 버린다. 모두 돌진하라!"

가디언들이 소멸되자 이로이다 대륙으로 진입하는 차원의 문이 열렸다. 나룬을 필두로 그의 로아탄과 정령들은 눈 깜짝할 사이에 트레네 숲의 상공으로 이동했다.

"저곳이 용자의 성이로군."

나룬은 트레네 숲의 북부에 위치한 거대한 성을 보자 코웃음을 날리고는 곧바로 화염검을 휘두르려 했다. 바로 그때 그의 뒤쪽에서 성난 음성이 들려왔다.

"이봐, 나룬. 저 성을 부수는 건 내게 양보할 수 없나?"

"자네는?"

나룬은 고개를 돌려 자신의 앞에 나타난 푸른 머리의 청년을 노려봤다. 무표정하다 못해 차가운 인상을 가진 미청년! 그는 다름 아닌 물의 정령왕 아쿠아였다. 그를 본 나룬의 한쪽 입가가 비틀어졌다.

나룬과 아쿠아는 한 때 절친한 사이였지만 특별한 일로 그들의 사이는 틀어진 지 오래였다. 한 마디로 지금은 사이가 매우 좋지 않다는 뜻이었다.

　"큭! 아쿠아, 자네가 여긴 웬일인가?"

　"나도 이곳 용자에게 볼일이 있어 왔어."

　대놓고 기분 나쁘다는 표정을 짓는 나룬과는 달리 아쿠아의 표정은 그저 담담했다. 나룬은 그런 아쿠아의 표정이 마음에 안 드는 듯 인상을 구겼다.

　보아하니 이로이다 대륙의 용자가 아쿠아가 다스리는 물의 정령계도 침범해 한바탕 휘저은 모양인데, 그렇다면 아쿠아 역시 화가 잔뜩 나 있을 터였다. 그런데도 마치 아무런 일도 없는 듯 담담한 표정을 짓고 있다니.

　"예전이나 지금이나 그놈의 인상은 변함이 없군. 도무지 마음에 안 들어. 망할 놈 같으니!"

　"만나자마자 시비인가?"

　아쿠아는 무뚝뚝하게 대꾸했다. 나룬이 더욱 인상을 구겼다.

　"시비는 네놈이 먼저 걸었다. 바로 그 표정! 그놈의 표정만 보면 내가 화가 나지 않을 수가 없단 말이야."

　"자네의 마음에 들자고 내 표정을 바꿀 수는 없지 않나. 더 이상 실없는 소리는 관두도록 하지."

졸지에 실없는 놈으로 전락한 나룬이었다. 나룬은 울컥 다시 화가 치솟았지만 참았다. 여기서 화를 내면 또 자신만 속 좁은 놈이 된다. 그리고 그런 식으로 싸우다 보면 손해를 보는 건 자신뿐이었다. 그래서 아쿠아와는 두 번 다시 상종을 하지 않기로 하지 않았던가.

나룬은 큭 웃었다.

"좋아. 실없는 소리는 그만 하마. 그런데 용자의 성을 양보하라니 그거야말로 실없는 소리 아니냐? 이곳의 가디언은 내가 없앴으니 저 성은 내가 없애야 한다. 네놈에게 절대 양보는 못 해!"

그러자 아쿠아의 눈에 차가운 섬광이 일었다 사라졌다.

"내가 양보하지 않았다면 자네가 용자의 가디언들을 해치울 수 있었을 것 같은가?"

"닥쳐라. 네놈이 양보라니, 무슨 헛소리냐? 내가 용자놈의 가디언들을 해치울 때 네놈은 이곳에 도착하지도 않았었는데 말이야."

"이미 난 네 뒤에 와 있었다. 네가 그들을 죽이도록 양보한 건 내가 용자의 성을 부수기 위함이었지."

아쿠아는 더 이상 말하기 귀찮다는 듯 시선을 아래로 돌려 용자의 성을 노려봤다.

츠츠츳.

곧바로 그의 손에 푸른 활과 화살이 생겨났다. 혼돈(混沌)의 수(水)라 불리는 아쿠아 전용 무기였다. 혼돈의 수력이 깃든 화살이 내는 위력은 극강기가 폭발할 때 내는 파괴력을 능가했다. 웬만한 마왕이나 다른 정령왕들이라 해도 그 화살에 적중되면 무사하기 힘들 정도니까.

나룬은 그 사실을 알고 있기에 흠칫했다. 아쿠아가 혼돈의 수를 들고 있을 때는 가급적 그의 성미를 건드리지 말아야 된다. 그는 정말로 극도로 화가 난 상태가 아니면 혼돈의 수를 꺼내지 않기 때문이었다.

물론 나룬의 화염검 역시 혼돈의 수 못지않은 무기이긴 하지만, 그렇다고 여기서 아쿠아와 죽자 살자 싸운다면 꼴이 우습게 되지 않겠는가.

'빌어먹을! 저놈의 성질머리하고는. 아무튼 이곳 이로이다 대륙의 용자 놈이 미치긴 제대로 미친 게로군. 나뿐만 아니라 아쿠아까지 불러들이다니 말이야.'

문득 나룬은 용자의 의도가 무엇인지 궁금해졌다. 적어도 한 대륙을 수호하는 용자라는 자가 아무런 이유도 없이 정령왕들을 도발하는 짓을 할 리는 없지 않은가.

더더욱 의아한 일은 이로이다 대륙을 수호하는 가디언들이 죽고 용자의 성이 박살 날 위기에 처했는데도 용자가 나타나 방어를 하지 않는다는 것이었다.

방금까지만 해도 당장 용자의 성을 박살 내지 못해 안달이었던 나룬의 표정이 딱딱하게 굳어졌고, 그의 눈빛은 무섭도록 가라앉았다. 그러고 보니 화가 나서 달려오긴 했지만 아무리 생각해도 이상하다.

　한편 용자의 성을 향해 혼돈의 수력이 깃든 화살을 겨눈 자세 그대로 아쿠아 역시 뭔가 고민에 빠져 있었다.

　그가 시위를 놓는 순간 용자의 성은 무참히 박살 나버릴 것이다. 동시에 혼돈의 수력이 몰고 온 차가운 폭풍이 트레네 숲을 폐허로 만들어 버릴 것이다.

　그런데 아쿠아는 이상하게 시위를 놓기가 망설여졌다. 평소 그의 성격대로라면 벌써 시위를 놓았어야 정상이다. 고민할 때는 심사숙고하지만 한번 결정을 내리면 단호하기 짝이 없는 그였으니까.

　그런데 그 역시 불의 정령왕과 마찬가지로 무언가 이상하다는 느낌이 든 터였다. 정령계로 난입해 가디언들을 무참히 살육하고 달아난 용자 정도라면, 적어도 자신의 본거지인 이로다 대륙의 방어를 이토록 허술하게 해놓을 리 없지 않은가.

　'그는 어째서 나를 건드린 것인가? 나의 분노를 통해서 얻고자 하는 것이 무엇인가?'

　용자에 의해 살육당한 자신의 가디언 로아탄들을 떠올리

면 당장이라도 활의 시위를 놓고 싶은 아쿠아였지만, 문득 갑자기 떠오른 의아함 때문에 망설이고 있었다.

그런데 그들이 어찌 짐작할 수 있겠는가. 지금 이 순간 정령왕 나룬과 아쿠아의 마음에 떠오른 한 줄기 의아함이 그저 우연히 생겨난 것이 아님을.

실은 용자의 성에서 은은하게 발산되는 투명한 빛이 정령왕들의 몸을 스쳐 지나가며 일어난 일이었다. 그것은 물론 현자 루인이 펼친 현자의 비기 중 하나였다.

현자의 빛!

격동된 마음을 진정시키고 냉정함과 현명함을 되찾게 만드는 것으로, 이것은 지금 상황에서 그녀가 할 수 있는 최선이자 최후의 방법이었다.

이로이다 대륙을 수호하는 가디언 로아탄들이 사라진 지금, 트레네 숲에 있는 그 누구도 정령왕들을 막을 수 있는 능력을 가진 이는 없었다.

루인을 보호하고 있는 가디언 포티아도 불의 정령왕 나룬이 나타나자 깜짝 놀라더니 어디론가 달아나 버렸다.

이러한 상황에 그녀가 취할 수 있는 방법은 정령왕들이 그들의 현명함을 되찾을 수 있도록 현자의 빛을 비춰 주는 것뿐이었다.

이는 마왕들에게는 절대 통하지 않는 빛이었다. 그들에

게 현자의 빛을 비춰 봤자 오히려 조롱하는 것으로 받아들여 더욱 분노할 테니까.

그러나 정령왕들은 본디 현명한 이들이기에 잘하면 그들을 진정시킬 수 있을 것이다. 루인은 감았던 눈을 떴다. 무리를 했던 까닭인지 그녀의 안색은 창백하게 탈색되었고, 입가로는 피가 울컥 흘러내렸다.

당연한 일이었다. 다른 이들도 아니고 무려 정령왕들의 마음을 진정시키기 위해 현자의 빛을 사용했으니. 쉬운 일이 아닐뿐더러 사실상 거의 불가능에 가까웠다. 그렇다 보니 그 부작용은 막대했다.

루인의 무의식에 자리 잡고 있던 빛의 정령 에클라는 실신한 터였고, 루인 역시 빈사 직전의 탈진 상태가 되었다. 아마 이대로 쓰러지면 두 번 다시 일어나지 못할 것이다. 그녀는 파리한 안색으로 엘리나이젤을 쳐다봤다.

"지금이에요……. 이제 가서 그들을 설득해야 해요. 시간이 없어요."

"알고 있습니다, 루인 님."

그녀의 앞에는 엘리나이젤이 서 있었다. 그는 비장한 표정으로 고개를 끄덕였다. 현자인 루인이 아주 큰 희생을 치르고 정령왕들의 행동을 잠시나마 정지시킨 사실을 짐작한 터였다.

이제 엘리나이젤이 나서서 정령왕들을 설득해야 한다. 그러나 그 또한 결코 쉽지 않을 것이다. 어쩌면 정령왕들은 엘리나이젤의 말에 코웃음을 치며 단번에 그를 죽여 버릴 수도 있었다. 아니, 그럴 가능성이 매우 높았다.

하지만 그래도 가야했다. 그래야 이로이다 대륙의 멸망을 막을 수 있는 일말의 가능성이라도 있기에. 엘리나이젤의 신형은 곧바로 사라졌다.

"하아!"

루인은 벽에 손을 대고 가까스로 일어났다. 그 순간 한 줄기 바람이 일어 그녀를 부축했다. 바람의 정령 실피였다. 루인은 반색했다.

"잘 됐군요, 실피. 잠시 후에 날 상공으로 올려 줄 수 있나요?"

"그건 어려운 일이 아니지만 지금 상태로는 위험해요."

실피가 만류했지만 루인은 고개를 고개를 흔들었다.

"어차피 이대로 있어도 위험한 건 마찬가지예요. 정령왕들을 막지 못하면 이로이다 대륙은 끝장이거든요."

"그렇긴 하지만……."

실피는 시무룩한 표정으로 고개를 끄덕였다. 그녀 역시 지금 어떤 끔찍한 상황이 벌어지려 하는지 알고 있는 터였다.

하지만 과연 루인이 간다 해도 정령왕들을 설득할 수 있을지는 미지수였다. 그래도 지금은 다른 방법이 없었다. 그녀의 부탁에 따를 수밖에.

팟.

그런데 그때 그녀들의 앞에 커다란 고양이 형상의 로아탄이 나타났다. 포티아였다. 아까 불의 정령이 나타나자마자 겁에 질려 달아난 줄 알았는데 실상 그것이 아니었나 보다.

놀랍게도 포티아의 입에는 한 여정령이 물려 있었다. 타는 듯한 붉은 머리를 가진 그녀의 미모는 그야말로 눈부시기 짝이 없었다. 가히 미(美)의 화신이라고 해야 할 정도로 아름다운 외모를 지닌 정령이 존재하다니. 실피가 두 눈을 크게 떴다.

"앗! 저분은 불의 정령 사만다 님이 분명해요."

실피의 말에 루인 역시 놀란 표정을 지었다.

'불의 정령 사만다라면?'

그때 포티아가 입에 물고 있던 사만다를 바닥에 내려놨다.

"다 왔다. 일어나라옹."

"다짜고짜 날 여기까지 물고 온 이유가 대체 뭐지, 포티아?"

포티아가 입에서 내려놓자 기절해 있던 사만다는 일어나 불쾌하다는 표정을 지었다. 그사이 포티아는 붉은 털의 작은 고양이로 돌아가 있었다.

"빨리 대답해. 날 여기로 데려온 이유가 뭐야?"

"나룬이 나타났다. 주인이 없는 지금 이곳에서 그를 막을 이는 사만다 너밖에 없으니 어서 가서 나룬을 만나라옹."

"뭐? 나룬?"

사만다의 두 눈이 커졌다. 나룬을 그녀가 어찌 모르겠는가. 한때 그녀의 애인이기도 했던 불의 정령왕 나룬을!

"너 미쳤어? 그를 내가 왜 만나?"

그녀는 펄쩍 뛰었다. 그녀는 결단코 나룬을 만나고 싶지 않았다. 사만다와의 이별 시 나룬은 당시 포티아를 가디언으로 딸려 주며 사만다를 영원히 괴롭게 할 만큼 속이 좁은 자가 아니었던가.

그런데 그녀가 더욱더 펄쩍 뛸 만한 내용이 포티아의 입에서 튀어나왔다.

"아쿠아도 왔다옹."

"뭐? 아쿠아? 그는 또 왜 왔어?"

"나도 모른다옹. 아무튼 그들을 설득 못 하면 너도 나도 다 죽는다옹."

"……."

사만다는 그야말로 어처구니가 없었다. 나룬에 이어 아쿠아까지!

'이게 대체 무슨 일이야?'

아쿠아도 그녀의 옛 애인이다. 나룬뿐 아니라 아쿠아와도 얼굴을 마주하고 싶지 않은 사만다였다. 그런데 그들을 만나 설득을 하라니. 이 무슨 말도 안 되는 소리인가?

"사만다, 서둘러라옹."

"말해 줘. 대체 그들이 왜 이로이다 대륙에 나타난 거야?"

"모른다고 하지 않았냐옹. 궁금하면 저기 현자 루인에게 물어봐라옹."

포티아는 한쪽에서 비틀거리며 서 있는 루인을 턱으로 가리켰다. 사만다는 다시 놀랐다.

'현자 루인이라고?'

상서로운 눈빛을 가지고 있어 뭔가 특별한 존재일 것이라고는 생각했지만 현자일 줄은 몰랐다. 다만 안타깝게도 루인의 얼굴에서는 생기가 거의 사라지고 있었다.

사만다가 쳐다보자 루인은 기다렸다는 듯 입을 열었다.

"두 정령왕들이 나타나 이로이다 대륙을 공격하고 있어요. 무슨 일인지는 모르지만 아무래도 오해가 있는 듯해요."

정령왕들이 이로이다 대륙을 공격하고 있다는 말에 사만
다의 안색이 굳어졌다.

"어떤 오해가 있기에?"

"자세한 건 알 수 없어요. 마왕의 음모가 아닐까 추측될
뿐이죠."

마왕의 음모라? 그것이 무엇인지 알 수는 없지만 지금
중요한 것은 그게 아니다. 일단 정령왕들에게 이로이다 대
륙이 멸망하는 것을 막는 게 시급했다.

'미쳤어. 그 성질 더러운 작자들이 대체 무슨 짓을 하고
있는 거야?'

웬만하면 상종하고 싶지 않았지만 이렇게 된 이상 망설
일 때가 아니었다.

스슷.

곧바로 사만다의 모습이 환영처럼 그 자리에서 사라졌다
싶은 순간 그녀는 까마득한 상공 위에 나타났다. 그곳엔 서
슬 시퍼렇게 눈알을 부라리고 있는 두 정령왕과 은발의 미
청년 엘리나이젤이 보였다. 엘리나이젤은 딱딱하게 굳어진
표정으로 정령왕들에게 뭔가 설명을 하고 있었다.

"그래서 당신들이 보았던 자는 로드가 아닌 마왕일 것입
니다. 로드는 누베스 대륙을 떠나 마계를 향해 항해 중이기

때문이지요. 당신들은 마왕의 음모에 속은 것이 분명합니다."

그사이 엘리나이젤은 정령왕들이 왜 이로이다 대륙을 침공해 올 만큼 분노했는지에 대한 이유를 들을 수 있었다. 그것은 어처구니없게도 이로이다 대륙의 용자인 무혼이 두 정령계를 침범한 후 가디언 로아탄들을 대거 소멸시켰다는 이유였다.

엘리나이젤은 그것이 도저히 있을 수 없는 일이라며 반박했다. 그러나 정령왕들의 입가에는 비웃음만 걸려 있었다.

"닥쳐라! 그따위를 변명이라고 하는가?"

"마왕의 음모라니, 헛소리를 지껄이고 있군. 그리고 너희들의 용자가 그때 누베스 대륙 너머에 있었다는 걸 내가 어찌 믿으라는 거지?"

엘리나이젤의 말은 오히려 정령왕들의 분노만 증폭시켰다. 그들은 물론 지금 이 상황에 다소 의혹이 없는 것은 아니었다. 그러나 엘리나이젤의 말대로라면 명백히 자신들의 실수였다. 즉, 그들은 아무런 잘못도 없는 용자 무혼의 세계에 난입해 그의 가디언들을 죽인 꼴이 되어 버린다. 마왕에게 속아서 말이다.

'그럴 리가 없다.'

'마왕이라면 내가 몰라 봤을 리가 없어.'

특히나 이미 돌이킬 수 없는 지경까지 와 버렸는데 여기서 물러나면 정령왕으로서의 체면이 말이 아니었다. 그렇다 보니 그들은 엘리나이젤의 말을 강하게 부인하며 오히려 이로이다 대륙의 용자에 대한 분노에 휩싸였다.

"사라져라. 하찮은 존재여!"

아쿠아가 엘리나이젤을 향해 활을 쏘려 하는 순간이었다.

"잠깐만요."

갑자기 뾰족한 음성과 함께 엘리나이젤의 옆으로 누군가 나타났다. 붉은 머리카락을 휘날리는 아름다운 여정령의 모습을 확인한 순간 나룬과 아쿠아의 안색이 급변했다.

노지즈 해역이나 인근 해역을 통틀어도 지금 나타난 여자 정령처럼 아름다운 외모를 지닌 이는 없었다. 오랜 시간이 지났는데도 여전히 그녀의 용모는 변하지 않았다.

"너는?"

"사만다?"

두 정령왕의 복잡스러운 눈빛을 마주한 사만다는 어색한 미소를 지었다. 하지만 그녀는 이내 그들을 오연히 노려보며 말했다.

"오랜만이군요."

그러자 나룬이 사만다를 보며 대답했다.

"잘 있었느냐, 사만다?"

그의 눈빛에는 사만다에 대한 반가움과 분노가 뒤섞여 있었다. 사만다가 그를 떠난 것에 대한 애증이 여전히 남아 있는 듯했다. 사만다는 고개를 끄덕였다.

"나야 아주 잘 살고 있죠."

"큭! 잘 살고 있다니 다행이군. 그런데 네가 하찮은 하프 머맨 따위와 사귀고 있다는 소문이 있던데 그게 정말이냐?"

그 말에 사만다는 씁쓸히 웃었다. 하프 머맨이라면 필리우스를 말하는 것이리라. 오랜만에 만나자마자 하는 첫 말이 저따위 질문이라니. 나룬은 여전했다.

"그런 적이 있었죠. 지금은 아니에요."

그러자 이번에는 아쿠아가 사만다를 차갑게 노려보며 물었다.

"그런 적이 있었는데 지금은 아니라? 그러면 그사이 또 마음이 변했나 보군. 흐! 하긴 뭐, 드래곤 로드와 사귄다는 소문은 들었지."

사만다는 기막히다는 표정을 지었다. 그러고 보니 아쿠아의 성격도 나룬과 별반 다를 바 없었다. 둘 다 철저히 자기감정만 중시할 뿐 남의 감정을 배려할 줄 모르는 이들이 아니었던가.

"어쩌죠? 난 그와도 헤어졌거든요. 그보다 당신들은 정령계에 있으면서도 내 일은 어떻게 그리 잘 알아요? 설마 아직도 내게 관심이 있나요?"

나룬과 아쿠아의 눈빛이 살짝 흔들렸다. 그녀의 말대로 그들은 여전히 사만다에게 관심이 있었다. 눈에 보이지 않았을 때는 잠시 잊고 있었지만, 막상 그녀가 눈앞에 나타나자 다시 까마득한 예전의 감정들이 되살아나며 그녀에 대한 집착이 생겨나기 시작했다.

'하아!'

사만다는 그들의 눈빛을 보며 한숨을 내쉬었다. 그녀는 이들과 마주치면 또다시 이런 일이 벌어질까 봐 두려웠던 것이다.

하지만 지금은 이런 식으로라도 이들을 달래지 않으면 이로이다 대륙은 멸망하고 만다. 그녀로서는 선택의 여지가 없었다.

그때 나룬이 말했다.

"사만다! 지금이라도 네가 잘못했음을 시인하고 내게 와준다면 나는 널 받아줄 용의가 있단다."

그러자 아쿠아가 코웃음 치더니 경쟁적으로 말했다.

"나야말로 네가 지난 잘못을 뉘우치고 다시 돌아오겠다

면 모든 일을 용서하고 받아 주지."

사만다는 한숨을 내쉬며 그들을 노려봤다.

"당신들은 여전히 모든 일을 내 탓으로 돌리는군요. 내 감정은 관심 없고 당신들의 감정만 중요하겠죠."

나룬이 인상을 찌푸렸다.

"사만다! 난 네게 해 줄 만한 것은 다 해 주었다. 그런데 나의 그런 호의를 저버리고 배신한 건 너였지. 본래라면 널 당장 죽여야 했겠지만 특별히 아량을 베풀어 모든 걸 용서해 주겠다는데도 넌 여전히 뉘우칠 줄 모르는구나."

"흥!"

사만다는 기가 찬다는 듯 고개를 돌려 버렸다. 아쿠아와 시선이 마주치자 그는 조금 다른 말을 했다.

"난 너를 이해할 수 있다. 다 이해할 테니 돌아와라."

"날 이해한다고요?"

"생각해 보니 내가 너무 내 감정에만 치중해 널 구속하려 했던 것이 사실이었다."

"알고 있다니 다행이군요."

"그러니 이제 나와 함께 가자. 그러면 지난 모든 걸 용서해 주마."

용서라고? 여전히 그는 자기중심적이었다. 사만다가 그를 떠나게 만든 요인, 그것이 조금도 바뀌지 않고 그대로였다. 사만다는 어깨를 으쓱하며 고개를 흔들었다.

"나는 아무에게도 안 가요. 그러니 당신들은 이제 그만 돌아가도록 해요."

그러자 나룬과 아쿠아는 코웃음 쳤다.

"천만에! 나는 이곳 대륙을 멸망시킬 생각이다. 사만다, 넌 나와 함께 가든지 아니면 이곳에서 죽든지, 둘 중 하나를 선택해라."

"나를 따라가면 넌 살 수 있다, 사만다."

따라가지 않으면 죽이겠다? 사만다는 눈 하나 깜빡하지 않았다. 오히려 호호 웃었다.

"날 죽인다고요? 옛 애인들에게 죽게 되다니 내 처지도 정말 비참하군요."

"못 죽일 것 같은가?"

"흥! 좋아요. 죽여요! 어디 죽여 보라고요."

사만다가 죽이라고 말했지만 정령왕들은 인상만 찌푸릴 뿐 그녀를 향해 아무런 공격도 하지 못했다.

그렇게 상공에서 두 정령왕들과 불의 정령이 옥신각신 다투는 기이한 광경을 엘리나이젤은 멍한 표정으로 쳐다봤다.

그와 루인이 이로이다 대륙을 살리기 위해 갖은 수를 썼지만 희망이 없어 보였는데, 뜻밖에도 사만다가 나타나 정령왕들을 훈계(?)하고 있었고, 정령왕들은 꼼짝을 못 했다.

'후후, 정말 잘 하고 있소, 사만다.'

엘리나이젤은 속으로 쾌재를 부르며 사만다를 응원하고 있었다. 그러나 그는 모르리라. 사만다가 얼마나 긴장해 있는지 말이다.

그녀는 변덕스럽고 괴팍스럽기 그지없는 정령왕들이 결코 쉽사리 자신들의 고집을 꺾지 않을 것을 잘 알았다. 그녀가 무슨 수를 써도 정령왕들은 이로이다 대륙을 공격하려 할 것이다. 그들은 자신들의 잘못을 안다고 해도 그것을 인정할 만큼 속이 넓은 자들이 아니니까.

그때 나룬이 그녀를 노려보며 소리쳤다.

"제길! 왜 그리 고집을 피우느냐, 사만다?"

"닥쳐요. 고작 마왕 따위에게 속아서 애꿎은 이로이다 대륙에 화풀이를 하려는 당신들이 지금 제정신인가요?"

"그, 그건……."

정령왕들이 흠칫 당황하는 표정을 지었다. 나룬은 억울하다는 듯 자신의 가디언 로아탄을 불러 당시 상황을 재생시켰다.

"자, 보아라. 이것을 보고도 내가 마왕에게 속았다고 말할 수 있단 말이냐?"

......으하하핫! 쿠하하하핫! 나는 용자 무혼이다.
사악한 불의 정령왕 나룬이여! 어서 나와서 나 용자
무혼의 징계를 받으라......

로아탄이 재생해 준 장면을 보며 사만다는 코웃음 쳤다.

"일단 저자는 내가 아는 이로이다 대륙의 용자 무혼이
아니에요. 저 경박하고 음흉한 웃음소리! 딱 봐도 마왕이네
요."

"웃음소리는 얼마든지 가장할 수 있음을 모르느냐?"

"스스로 자신을 드러내는 데 다른 웃음으로 가장할 이유
가 있을까요? 좋아요. 그건 그렇다 쳐요. 저자는 왜 자신이
용자 무혼이라고 계속 말하고 있을까요? 한 번만 말하면
될 것을 말이죠."

그 순간 나룬뿐만 아니라 아쿠아의 안색도 굳어졌다. 그
러고 보니 그렇다. 용자뿐 아니라 그의 부하 드래곤들도 용
자 무혼이라는 말을 입에 달고 있었다. 마치 각인이라도 시
킬 의도인 양 말이다.

"어때요? 이쯤 되면 저것이 바로 용자와 정령왕들을 이
간질시키려는 마왕의 농간이라는 건 충분히 짐작했을 텐데
요."

"......"

정령왕들이 말없이 인상만 찌푸리고 있자 사만다는 말을 이었다.

"그리고 그 옆의 드래곤 푸르카도 마찬가지예요. 변신은 그럴듯하게 했지만 그는 저런 식의 말투를 사용하지 않아요. 물론 말투는 그렇다 치고 넘어갈 수는 있어요. 저길 보면 푸르카가 당신들의 가디언 로아탄들을 죽이고 있는데, 그의 능력으로 그것이 가능하리라 보나요?"

나룬과 아쿠아의 인상이 확 일그러졌다. 그렇다. 다른 어떤 것보다 지금 그녀가 말한 부분이야말로 가장 결정적인 증거였다. 그들의 가디언들은 이로이다 대륙의 드래곤 로드에게 당할 만큼 약한 로아탄들이 아니었던 것이다.

"그 옆의 드래곤 포르티와 아그노스도 로아탄들을 마구 죽이고 있네요. 호호! 당신들의 가디언 로아탄들이 드래곤들에게 죽을 만큼 약한 이들이었나 봐요?"

사만다가 조소를 흘리며 말하자 정령왕들의 인상은 완전히 참담하게 일그러져 있었다. 애초부터 뭔가 의혹은 있었지만 사만다의 지적에 의해 그들이 완벽하게 속았음이 증명된 것이었다.

"대체 어떤 놈일까?"

"유레아즈 아니면 콘딜로스겠지."

나룬과 아쿠아는 이를 갈았다. 바로 그 순간 그들의 전면에 한 명의 인영이 나타났다.

"뭔가 착각들을 하고 있군."

Chapter 13
죽음으로 대가를 치러라

　나타난 인영을 보고 엘리나이젤과 사만다가 눈을 크게 떴다. 그는 분명 무혼이었기 때문이다. 그러나 엘리나이젤은 곧바로 뭔가 이상하다는 것을 눈치챘다. 정말로 기막히게 무혼과 동일한 모습을 하고 있지만 느껴지는 분위기는 전혀 달랐다.

　'저자! 로드가 아니다.'

　그것은 사만다 역시 마찬가지였다. 그녀는 지금 나타난 자가 바로 무혼을 가장해서 정령왕들을 혼미하게 만든 마왕이라 확신했다.

　그러나 그러한 확신은 지금 아무런 의미가 없었다. 마왕이라 추정되는 무혼의 신형이 거대하게 변하더니 양손에 커다란 도끼를 쥔 채 다짜고짜 정령왕들을 공격해 왔기 때문이었다.

"감히 나 용자 무혼의 가디언들을 죽인 정령왕들이여! 그대들을 용서하지 않겠다."

거대한 도끼에서 형성되는 압력은 상상을 초월했다. 엘리나이젤과 사만다는 황급히 그 자리를 피했다. 그 순간 정령왕 나룬과 아쿠아의 두 눈이 이글거렸다.

"네놈은 누구냐? 유레아즈? 아니면 콘딜로스?"

"도끼를 사용하는 걸 보니 콘딜로스로군. 감히! 불가침 협정을 깨고 정령계를 공격하다니 용서하지 않겠다. 콘딜로스!"

그러자 무혼 아니, 콘딜로스는 흠칫했다.

'크으! 저 불의 정령 때문에 내 정체가 탄로 났군.'

조금 전 콘딜로스는 정령왕들이 이로이다 대륙의 가디언들을 해치우는 장면을 멀리서 흥미진진하게 지켜보고 있었다. 그 후로 가디언들이 사라진 터라 이로이다 대륙으로 통하는 차원의 문이 개방되었다. 콘딜로스는 내친김에 은밀히 뒤따라 와 정령왕들이 어떻게 이로이다 대륙을 파괴하는지 지켜보기로 했다.

그런데 상황이 이상하게 돌아갔다. 처음에는 무턱대고

이로이다 대륙을 공격하려던 정령왕들이 갑자기 머뭇거리기 시작하더니, 급기야 불의 정령이 나타나 뭐라고 하자 당장이라도 철수할 기세였던 것이다.

그렇게 되면 용자와 정령왕들을 이간질하려던 애초 계획이 달성되지 못한다. 물론 이미 정령왕들이 용자의 가디언들을 죽인 터라 소기의 목적은 달성한 바였지만, 그래도 좀 더 강력하게 하려면, 정령왕들이 이로이다 대륙을 멸망시켜야 했다. 용자가 없는 틈을 타서 말이다.

그래서 부득불 콘딜로스는 정령왕들 앞에 모습을 드러낸 것이었다. 그 혼자서는 물론 정령왕 둘을 상대하기 불가능하다는 것은 알고 있었지만, 그래도 용자 무혼의 모습으로 그들과 맞붙다 달아나면, 그들이 홧김에 이로이다 대륙을 멸망시킬 것이란 기대 때문이었다.

그러나 정령왕들은 이미 그가 바로 용자 무혼이 아닌 마왕임을 알아보고 있으니 산통이 깨어져 버렸다. 귀한 환마주까지 써가며 벌인 계획이 수포로 돌아간 것이다.

'으득! 저 망할 불의 정령! 한때는 유레아즈 놈의 혼을 빼놓더니 이젠 정령왕들까지! 정말 가관이구나.'

마왕 유레아즈와 불의 정령 사만다의 로맨스! 비록 까마득한 옛날 일이지만 당시 노지즈 해역의 화젯거리였다. 물론 차원의 바다를 누비는 마왕과 정령왕, 피라타들 사이에서만 말이다.

어쨌든 지금은 그게 중요한 것이 아니다. 콘딜로스는 자신이 혼자서 정령왕 둘과 붙어서는 승산이 없는 터이니, 이럴 바에는 차라리 용자의 성이나 파괴하고 달아나기로 했다.

"크큭! 이제야 눈치를 챘나? 그래 봤자 소용없다. 어차피 너희들은 용자의 가디언을 죽인 이상 그의 분노를 받게 될 테니까 말이야. 이제 내가 용자의 성을 부수고 간다 해도 그 분노는 너희에게 향하게 될 것이다. 크크큭! 크카카카캇!"

콘딜로스는 마왕 특유의 음흉스러운 웃음을 짓고는 아래쪽으로 번쩍 내려갔다.

"......!"

한바탕 대격전이 있으리라 생각하고 전력을 다해 힘을 끌어 올렸던 두 정령왕은 콘딜로스 마왕이 갑자기 아래로 내려가자 곧바로 추격하려 했다.

그런데 바로 그 순간 갑자기 하늘이 세차게 울렸다.

콰르르르릉—!

이것이 대체 무슨 소리인가? 아니, 소리가 문제가 아니었다. 그들이 상상할 수 없는 거대한 뭔가가 접근하고 있었다.

'헉! 이게 무슨!'

'이런 엄청난 기운이라니!'

그것은 그야말로 미증유의 기운이었다. 그들이 차원의 바다에서 간혹 목격하던 차원풍을 연상케 할 정도였으니까.

물론 차원풍은 차원의 바다에만 힘을 미칠 뿐, 속하 세계에는 영향을 미치지 않는다. 따라서 이로이다 대륙을 향해 차원풍이 불어온다는 것은 있을 수 없는 일이었다.

그렇다면 대체 지금 하늘이 뒤흔들릴 정도로 돌진해 오는 이 가공할 기운의 정체는 무엇이라는 말인가?

콰드득! 콰지지직!

그때 무혼의 모습으로 하강하던 콘딜로스의 몸체가 무언가에 의해 짓이겨지더니 산산조각 나 버렸다.

"꾸어어어억!"

몸체가 사라지고 머리만 남은 콘딜로스가 처참한 비명을 질렀다. 그의 두 눈은 온통 공포에 휩싸여 있었다.

마왕 콘딜로스를 공포에 물들게 만든 존재. 그는 다름 아닌 무혼이었다.

콰악!

그는 콘딜로스의 머리에 검을 박아 넣으며 차갑게 웃었다.

"오늘은 분신이지만 곧 네놈의 본신도 부숴 주마. 생각보다 그 시간이 오래 걸리지 않을 것 같으니 지루하게 기다릴 필요는 없을 거다."

그 말이 끝남과 동시에 콘딜로스의 머리가 퍽 터져 버렸다. 콘딜로스 마왕의 분신의 최후였다.

그 모습을 지켜본 나룬과 아쿠아는 경악했다. 비록 분신이라 하지만 본신과 거의 흡사한 능력을 가진 콘딜로스 마왕을 무슨 곤충 잡아 죽이듯 가볍게 해치워 버린 무혼의 불가사의한 능력 앞에 그들은 입을 다물 수가 없었다.

슛.

무혼의 신형이 그들 앞에 나타났다. 한 손에 흑색의 검을 쥐고 있는 무혼의 얼굴은 차갑다 못해 섬뜩할 정도였다. 엘리나이젤은 무혼이 얼마나 분노했는지 알 수 있었다.

그래도 무혼이 나타나자 엘리나이젤은 비로소 안도했다. 이제 이로이다 대륙에 몰려 왔던 검은 폭풍은 사라진 것이다. 그는 자신도 모르게 눈물을 글썽였다.

"로, 로드……."

"무혼!"

사만다도 무혼을 보자 반색했다. 무혼은 그녀를 향해 살짝 고개를 끄덕여 주고는 엘리나이젤을 쳐다봤다.

"일단 마왕은 잡았는데 나의 가디언들이 보이지 않는군.

이 상황이 대체 어떻게 된 일인지 설명해 주겠소, 엘리나이젤?"

그러자 엘리나이젤이 즉시 대답했다.

"마왕 콘딜로스가 로드의 모습을 가장해 물의 정령계와 불의 정령계를 공격했고, 그에 격분한 저기 계신 정령왕들이 곧바로 이로이다 대륙을 공격해 왔습니다. 와테르 님을 비롯한 로드의 네 가디언들은 정령왕들에 맞서 싸우다 장렬히 전사했습니다."

마치 기다렸다는 듯 낱낱이 보고하는 엘리나이젤의 말을 들으며 무혼의 표정은 더욱 차가워졌고, 정령왕들의 안색은 사색으로 변했다. 그들은 단번에 무혼의 가공할 능력을 알아봤다. 믿을 수 없지만 무혼은 그들이 죽었다 깨어나도 이길 수 없는 상대였다. 이는 화가 난 무혼이 지금은 자신의 능력을 상당 부분 내보였기 때문이었다.

무혼의 차가운 안광이 나룬 등을 향했다.

"그대들이 나의 가디언을 죽인 것이 사실인가?"

나룬은 얼굴을 일그러뜨렸다. 그는 이내 순순히 고개를 끄덕였다.

"그, 그렇소."

그러나 아쿠아는 재빨리 고개를 흔들었다.

"나는 구경만 했을 뿐 당신의 가디언을 죽이지 않았소."

그것은 사실이었다. 무혼의 가디언을 죽인 것은 나룬이었고, 아쿠아는 그 뒤를 따라왔을 뿐이니까.

그러고 보니 아쿠아는 와서 위협은 했을지언정 직접적으로 이로이다 대륙을 공격한 것은 없었다. 그는 속으로 그것을 천만다행이라 여겼다. 만일 혼돈의 화살을 한 방이라도 날렸으면 어쩔 뻔했겠는가.

그러나 무혼은 코웃음 쳤다.

"너희 중 누가 나의 가디언들을 죽였건 그건 중요하지 않다. 이유를 막론하고 나의 세계를 침범한 이상 너희들은 죽음으로써 대가를 치르게 될 것이다."

츠츠츠—

무혼이 쥔 흑색의 검에서 이글거리는 광채가 뿜어져 나왔다. 곧바로 수천 가닥으로 뻗어나간 검은 빛들이 그물처럼 나룬과 아쿠아의 몸을 휘감아 버렸다.

"으으, 이건!"

"크으윽!"

나룬과 아쿠아는 꼼짝을 할 수가 없었다. 그들은 이제 무혼이 손 하나만 까딱하면 자신들의 몸이 흔적도 없이 소멸되어 버릴 것임을 알고는 참담한 표정을 지었다.

마왕의 음모에 속아 용자의 세계를 침범해 그의 가디언을 죽인 것은 충분히 잘못한 일이었다. 그러나 그렇다 해도 설마 그 일로 자신들이 죽게 될 줄은 몰랐다. 하필이면 그 용자가 정령왕들인 그들로서도 감히 상대할 수 없는 무서운 능력을 가졌을 줄이야.

바로 그 순간.

"이보게, 정령왕들을 죽이는 건 조금 고려해 보는 게 어떻겠나?"

어디서 들리는 음성인 것일까? 놀랍게도 그것은 무혼의 어깨 위에 있는 작은 새로부터 나온 것이었다.

신비한 자색 깃털을 가진 새!

그 새의 정체는 무엇일까? 아니, 언제 무혼의 어깨 위에 앉아 있었던 것일까? 엘리나이젤이나 사만다는 물론이고 정령왕들도 그 새의 존재를 눈치채지 못했다. 그런데도 그 새는 마치 본래 그곳에 있었던 것처럼 자연스러웠다.

그런데 그 새가 정령왕들을 죽이지 말라고 무혼에게 충고하고 있는 것이었다. 무혼은 시큰둥한 표정으로 대꾸했다.

"왜 정령왕들을 죽이지 말라는 거요?"

"저들을 죽이면 앞으로 차원의 바다에 존재하는 모든 정령왕들이 자네를 매우 좋지 않게 생각할 것이네. 자네와 적이 되는 정령왕들도 꽤 생겨날 거야."

"상관없소."

"용자에게 필요 없는 적이 생겨난다는 것은 좋은 일이 아니지. 그것이 마왕이라면 모를까, 정령왕들을 적으로 돌릴 필요는 없지 않나? 때에 따라 그들은 언제든 자네의 편이 되어 줄 수 있는 존재들이라네."

"하지만 저들은 나의 가디언들을 죽였소. 이대로 용서한다면 그들의 억울한 죽음은 무엇으로 보상받는다는 말이오?"

"오해로 인해 벌어진 일이니 그만 용서해 주고 그만한 대가를 받아내는 게 좋겠지."

"음……."

무혼이 고민하는 표정을 지을 때였다. 그의 앞으로 푸른 물빛의 여인이 나타나 다급히 말했다.

"무혼 님, 부디 저분들을 용서해 주세요. 두 분 다 슈이 님과 상당한 친분이 있는 분들이거든요. 아마 무혼 님께서 저분들을 죽이게 되면 슈이 님께서도 크게 상심하실 거예요."

물의 로아탄 가르니아였다. 무혼은 나직이 탄식했다. 그러고 보면 나룬과 아쿠아가 물의 정령왕 베나토르 슈이와 친분이 있을 것은 당연했다. 같은 정령왕들이니까.

무혼은 슈이와 누나 동생하는 사이다. 그런 누나의 마음을 아프게 해서는 안 될 것이다. 하지만 그렇게 용서해 버리면 충성을 바친 가디언들의 죽음은 무엇으로 보상한다는 말인가.

무혼은 아르나에 이어 와테르 등의 목숨도 지키지 못했다. 아무리 강해지고 절대 용자가 되면 무엇 하는가. 자신을 따르는 소중한 존재들도 지키지 못한다면 말이다.

무혼은 겉으로 내색하지 않았지만 당시 트레네 숲 권속들이 죽었을 때 속으로 크게 상심했었다. 특히 아르나의 죽음은 지금도 무혼의 마음을 슬프게 하고 있는 터였다. 그런데 그러한 아픔이 가시기 전에 충직한 로아탄들이 죽었으니 무혼의 분노는 이루 말할 수 없었다.

"무혼, 염치없는 부탁인지 모르지만 저들을 살려 주세요."

무혼의 두 눈이 다시 이글거리자 사만다가 와서 부탁했다. 미우나 고우나 옛 애인들이라고 그대로 죽는 꼴은 볼 수가 없는 모양이다.

사만다가 아니었다면 이로이다 대륙은 지금쯤 어찌 되었을지 모른다. 그런 만큼 사만다의 부탁은 매우 무게가 있었다.

그때 나룬이 탄식하며 말했다.

"용자 무혼! 당신의 가디언을 죽인 나의 잘못을 사과하겠소. 나는 정령왕이라 당신의 가디언이 될 수는 없지만,

이후로 당신의 가디언이 사라진 자리를 대신해 용자의 성을 지키는 임무를 수행하겠소."

"나 역시 마왕의 음모에 빠져 당신의 세계를 공격하려 했으니 죽어 마땅하지만, 관용을 베풀어준다면 앞으로 나룬과 마찬가지로 당신이 속한 세계들을 수호하는 임무를 담당하도록 하겠소."

정령왕들이 용자의 성을 지키는 가디언 역할을 해준다면 이로이다 대륙은 물론이요 하스디아 대륙이나 누베스 대륙과 같은 세계들도 매우 안전해질 것이다. 무혼의 부재 시에 마왕들이 직접 나타나도 정령왕들은 마왕 못지않은 능력을 가지고 있기에 충분히 방어가 가능했다.

그렇다 해도 가디언들의 죽음에 대한 보상은 되지 못한다. 그들을 살려낸다면 모를까.

하지만 오해에서 비롯된 것이니 이 정도 사과를 한다면 받아주는 게 좋을 것이다. 썩 내키지는 않지만.

츠으읏—

무혼이 손을 흔들자 정령왕들의 몸을 휘감았던 흑색의 빛줄기들이 사라졌다. 나룬과 아쿠아는 죽었다 살아난 표정으로 안도의 한숨을 내쉬었다.

"마스터, 큰일 났어요!"

그때 무혼을 향해 녹색의 바람이 빠르게 올라왔다. 다름

아닌 실피였다. 무혼은 실피의 안색이 굳어 있는 것을 보고
놀라 물었다.

"무슨 일이냐?"

"루, 루인 님이…… 흐윽!"

루인에게 무슨 일이 있기에 실피가 눈물을 흘린다는 말
인가? 뭔가 심상치 않은 일이 벌어졌음을 직감한 무혼은
그 즉시 루인이 있는 용자의 성으로 내려갔다.

〈다음 권에 계속〉

달과 그림자의 지배자, 이 세계에 떨어지다!
그림자 세계의 고귀한 황태자, 시슬란.
모든 것을 되찾기 위한 그의 행보가
천지를 뒤흔든다!

디크프린스

Dark Prince

dream
books
드림북스

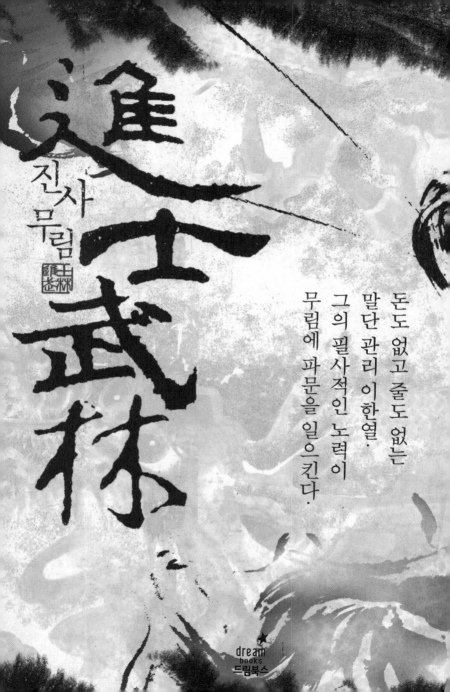

進士武林

진사무림

돈도 없고 줄도 없는
말단 관리 이한열.
그의 필사적인 노력이
무림에 파문을 일으킨다.

dream
books
드림북스